D1325290

La Resta

COLECCIÓN
NARRATIVAS

ALIA TRABUCCO ZERÁN

La Resta

Tajamar
Editores

La Resta
© Alia Trabucco Zerán, 2015
© Tajamar Editores Ltda., 2015
Mariano Sánchez Fontecilla 352 - Las Condes, Santiago
Teléfono: (56) 22–245 7026 /28 /32
info@tajamar–editores.cl
www.tajamar–editores.cl
Inscripción en el registro de Propiedad Intelectual: 255.616
ISBN: 978–956–9043–83-3

Diseño de interior: Catalina Marchant V.
Ilustración de Portada: Composición de Margarita
Browne Ciampi con colaboración de Catalina M.V.
Impreso en Chile/*Printed in Chile*
Primera edición: julio de 2015

«La recolección es nuestra forma de duelo»

Herta Müller,
Todo lo que tengo lo llevo conmigo

Saltaditos: un domingo sí y el otro no, así empezaron mis muertos, sin ninguna disciplina, fin de semana por medio y otras veces dos seguidos, sorprendiéndome sin falta en los lugares más extraños: tumbados en los paraderos, en las cunetas, en los parques, colgando de los puentes y de los semáforos, flotando rapidito Mapocho abajo, en cada rincón de Santiago aparecían los cuerpos dominicales, cadáveres semanales o quincenales que yo sumaba metódico y ordenado, y la cifra crecía como crece la espuma, la rabia, la lava, subía y subía aunque justamente sumar fuese el problema, porque no tenía sentido subir si todos saben que los muertos caen, culpan, tiran, como este muerto que encontré tirado en la vereda justo hoy día, un muerto solitario esperando muy tranquilo que yo llegara, y de casualidad nomás yo iba paseando por Bustamante, buscando algún sucucho donde tomarme unas cervezas para capear tanto calor, este calor pegajoso que derrite hasta los cálculos más fríos, en eso estoy, desesperado por un tugurio para refrescarme, cuando veo en la esquina con Rancagua a uno de mis muertos revoltosos, todavía solo y tibio, todavía indeciso entre quedarse a un lado o lanzarse al otro, ahí me esperaba vestido con la ropa equivocada, abrigadito con gorro y chaleco de lana, como si la muerte habitara el invierno y él tuviese que visitarla preparado, en una esquina yacía mi muerto con su cabeza caída hacia delante, y yo me acerco rápido para mirarle bien los ojos, me agacho y sujeto su cara para sorprenderlo, pesquisarlo, para poseerlo, y entonces me doy cuenta de que no hay ojos en su cara, no, sólo unos gruesos párpados que lo esconden, unos párpados como murallas, como capuchas, como alambradas, y me pongo nervioso pero inspiro hondo y me contengo, exhalo, me acuclillo y lengüeteo mi dedo gordo, lo mojo completito y lo acerco con cuidado hasta su cara, y con calma elevo su párpado endurecido, despacito descorro el telón para espiarlo, para embestirlo, para restarlo, sí, pero un miedo horrible me picotea el pecho, un terror que me paraliza, porque el ojo se empantana de un líquido que no es azul, ni verde, ni castaño, es un ojo negro el que me observa, un ojo de aguas estancadas, una pupila empañada por la noche, y yo caigo en el fondo de sus órbitas y me veo clarito en el iris sombrío de ese hombre: ahogado, derrotado, roto en esas fosas que al menos me ayudan a entender la urgencia, porque este muerto es un anuncio, es una pista, es una prisa, veo mi cara enterrada en su cara, mis ojos contemplándome desde sus cuencas y entiendo que debo apurarme de una vez por todas, aplicarme para llegar a cero, sí, y justo cuando recupero la calma y me preparo, cuando tomo mi libretita para anotarlo, oigo a lo lejos el ulular insoportable, la ambulancia acelerando enfurecida, obligándome a restarlo rápido, de sopetón, eliminarlo, porque agregar siempre fue el problema y sumar la respuesta equivocada: ¿cómo igualar la cantidad de muertos y las tumbas?, ¿cómo saber cuántos nacemos y cuántos quedamos?, ¿cómo ajustar las matemáticas mortales y los listados?, sustrayendo, descomponiendo, desgarrando cuerpos, eso es, usando la aritmética del fin de los tiempos, para así, de manera rotunda y terminal, amanecer el último día, apretar los dientes y restar: dieciséis millones trescientos cuarenta y un mil novecientos veintiocho, menos tres mil y tantos, menos los ciento diecinueve, menos uno.

( )

———

Esa noche cayeron cenizas o tal vez no. Quizás el gris no sea más que el trasfondo de mis recuerdos y todo lo que se desató esa noche fue una llovizna tenue y una gran fiesta, una garúa porfiada y el nudo que amarraba esa memoria a los demás hilos de mi infancia.

El sol ya se había puesto y el torbellino de abrazos y besos, de quégrandestás, cómopasaeltiempo, se había calmado al caer la tarde. Yo tenía una misión muy clara: escuchar el sonido del timbre, comprobar los pulgares manchados de tinta y abrir la puerta si correspondía. Tan en serio había asumido el mandato de mi madre (esa tarea *clave*, diría ella), que me pareció necesario despedir a mis Barbies, enterrarlas para siempre en el jardín y transformarme por fin en la guardiana de la casa. Ya estaba grande; yo sería la encargada de custodiar la puerta, pensé mientras las hundía en el barro, ignorando que poco después se las regalaría, negras de tierra, a Felipe.

Fielmente desempeñé mi papel de vigilante, recibiendo a una marejada de invitados en igual medida eufóricos y ansiosos, que después de dudar ante la reja (el barro, los matorrales, la insistencia de las malezas en el suelo), se perdían en el festejo que estallaba al otro lado de las ventanas. Todo esto lo recuerdo bien pero sin rastros de nostalgia. Recuerdo el olor húmedo del barro, los maquis ovalados sobre mi lengua, la tierra endureciéndose en mis rodillas (volviéndome tirante, volviéndome de piedra). Son imágenes sacudidas de polvo, despojadas de añoranza. He logrado domesticar mi nostalgia (la mantengo atada a un poste, lejos) y, además, yo no escogí guardar este recuerdo. Fue un cinco de octubre de 1988, pero no fui yo, sino mi madre, quien decidió que esa noche no la olvidaría.

Ya era tarde cuando vi a tres desconocidos acercarse hasta la reja. Dos gigantes y una mediana que demoraron más de la cuenta en encontrar el timbre y comenzaron a corear un nombre equivocado, Claudia, Claudia, con cierto temor lo pronunciaban, revisando nerviosos si los seguía alguna sombra a sus espaldas. La del medio fue la única que permaneció muda y quieta. Su pelo rubio, su cara de hastío y un chicle saltando de un lado a otro en su boca la delataron como la niña que mi madre había anunciado esa misma mañana (arréglate, saluda, espérala, sonríe). Ella ni siquiera levantó la vista cuando abrí. Inmóvil: los ojos fijos en la punta de unas alpargatas blancas, las manos hundidas en los bolsillos de unos jeans gastados y unos audífonos envolviéndole las orejas, bastaron para conquistarme. A su derecha la escoltaba un hombre rubio y barbón que apoyaba una mano sobre su cabeza (hundiéndola, enterrándola). Y a su izquierda, erguida como un álamo espigado, una mujer muy seria me escudriñaba, su cara familiar aunque distante, pensé, como salida de una vieja foto, de una película, pero me interrumpió antes de que consiguiera reconocerla. Esta es la Palomita, dijo indicando a la mediana, empujándola para que atravesara la reja de una vez. Y tú debes ser la Iquela, ¿no?, abrázala (abrázame), ordenó la mujer forzando ese gesto que Paloma y yo acatamos obedientes, fingiendo conocernos, reencontrarnos (fingiendo la nostalgia hambrienta de nuestros padres).

Mi primera impresión de Paloma fue la de una estrella de rock. Se negó a moverse del pasillo cuando entramos a la casa y sus padres no intentaron convencerla, desaparecieron en un carrusel de abrazos, de tantotiempo, nolopuedocreer, llególaIngrid, y casi sin darnos cuenta, ella y yo nos quedamos solas: dos estatuas impávidas ante el desfile de invitados que circulaban indecisos entre el living y la cocina, entre la cocina y el comedor, entre el entusiasmo y el miedo. Ella escuchaba música y no parecía importarle otra cosa que lo que sucediera a sus pies, donde su talón marcaba el ritmo de una melodía agitándose de arriba abajo rabiosamente. Uno, dos, silencio. Uno, dos. Yo no sabía qué decirle, qué hacer para interrumpirla o para sobreponerme a la timidez que ya me había dejado casi sin uñas en los dedos. Estaba acostumbrada a pasar mi tiempo con los grandes y su presencia misteriosa, anunciada por mi madre como vaticinando la llegada de un ángel o de un marciano, me había mantenido en ascuas todo el día. En riguroso silencio, de seguro arrastrada contra su voluntad a esa aburridísima fiesta, todo lo que me ofrecía Paloma era el repiqueteo de su talón contra el piso, la única pista de su música, pensé y acerqué uno de mis pies a los suyos, agitándolo apenas hasta acoplarme a ese coro silencioso. Ella percutía dos veces y yo otras dos. Al cabo de un rato, cuando casi bailábamos sin movernos, ella se detuvo; ambas nos detuvimos. Paloma se irguió frente a mí (diez, tal vez quince centímetros más alta), tomó mi mano, giró mi palma hacia arriba y me entregó sus audífonos. Póngatelos, dijo con un acento trabado y una voz extraña. Póngatelos y presione play, insistió sin dejar de masticar ese gusano aplastado y blancuzco. Ella misma envolvió mis orejas con las almohadillas negras y me indicó con un dedo sobre sus labios que no hiciera ruido y la siguiera. Y yo caminé cerca, lo más cerca posible de su cuerpo, hipnotizada por el bretel sedoso que asomaba por una esquinita de su hombro, la punta de su trenza como un anzuelo en su cintura, y esa música que nacía de un rincón de mi cabeza: una guitarra, una voz, los alaridos más tristes del mundo.

Intentando a toda costa pasar inadvertidas, Paloma y yo entramos al comedor en puntas de pie. Copas, vasos, una montaña de diarios, panfletos y una radio a pilas cubrían el ancho y largo de la mesa donde mi padre y el suyo se palmoteaban las manos, las caras, como si necesitaran comprobar que sus nombres y sus cuerpos coincidían. En la radio, el programa que mis padres escuchaban cada noche estaba a punto de empezar, el maniático redoble de tambores y el mismo estribillo abriendo el sinfín de malas noticias (la banda sonora de aquellos años, la interminable época de los tambores). Le expliqué a Paloma que la radio no era antigua, usaba pilas para que estuviéramos preparados, para que no nos sorprendiera un corte de luz. Para los apagones, Felipe y yo jugamos a la noche, murmuré acercándome a su oído. Jugamos a desaparecer, le dije. No supe si Paloma no me escuchó o sólo fingió que no me oía. Se alejó de mí y empezó a cotejar copas y vasos, levantándolos, llevándolos hasta la punta de su nariz y rechazándolos con una mueca de asco. Sólo dos sobrevivieron a su implacable selección y quedaron frente a nosotras. ¿Vino blanco o vino rojo?, preguntó entonces con su voz áspera. Rojo, contesté (¿había dicho *rojo* realmente?, ¿se desvanece el recuerdo si olvidé mi respuesta?).

Paloma me entregó la copa de vino y eligió un vaso de whisky para ella. Es delicioso, susurró revolviendo con su dedo índice los hielos. Tómalo, dijo, toma el vino, ¿o acaso no te gusta, Iquela?, ¿cuántos años tienes?, preguntó sin pestañear, y noté miles de pecas clavadas en su cara y bajo sus cejas unos ojos tan azules que me parecieron falsos. Ojos de plástico. Ojos de mentira que me juzgaban, me descubrían. Ella sonrió con una risita adiestrada, un mostrar los dientes mecánico, sin reír, escupió el gusano sobre la palma de su mano y lo amasó hasta convertirlo en una bolita entre su índice y su pulgar. Tú primero, dijo indicando mi copa. Te toca a ti, insistió sin dejar en paz esa masa cada vez más tiesa y redondeada. Yo respiré hondo, cerré los ojos, e inclinando mi cabeza hacia atrás, me tragué todo el vino de un tirón. Uno, dos, tres sorbos interminables. No pude contener un escalofrío y abrí los ojos. Paloma se terminaba su whisky sin que se le moviera un solo pelo. Uno de los hielos crujió entre sus dientes y ella abandonó el vaso sobre la mesa, satisfecha, como si nada. Ahora sí sonreía.

Interrumpiéndose, paseando frenéticos de un lado a otro, los invitados hablaban cada vez más fuerte, más rápido, cada vez más ruido y menos palabras. La radio se imponía entre sus voces: segundo recuento de votos. Mi madre se movía nerviosa, yendo y viniendo. Qué piensan, preguntaba al vacío, a cualquiera que quisiera contestar. Si acaso los milicos respetarían la elección, si querían otro trago, más hielo, más volumen a la radio, y luego soltando unas carcajadas metálicas, una risa que recuerdo muy bien. No podía creer que mi madre se riera de ese modo, sus alaridos estridentes, la ranura de su boca abierta (dientes blanquísimos a la orilla de un barranco). No quería que Paloma la viera así. Quise acercarme a ella, decirle madre, te quiero mucho, mucho, cállate, te lo ruego, cállate, por favor. Pero los tambores de la radio aplastaron su risa, o sus carcajadas se convirtieron en esos tambores que advertían el momento de callarse, de ponerse serios y escuchar los cómputos, escrutados el setenta y dos por ciento de los votos.

Terminado el informe de las noticias, cuando ya no quedaba alcohol sobre la mesa, Paloma anunció que quería fumar. Tomó mi mano y me condujo por el pasillo. Recuerdo que nos tambaleábamos. Me recorría una excitación nueva, un mareo ligero y feliz que Paloma interrumpió a los pocos pasos. ¿Y tus cigarros?, preguntó con sus erres trabadas, apretando mi mano y contemplándome con esos ojos que me obligaron a callar y obedecerla.

La llevé al dormitorio de mis padres, al fondo de la casa, donde apenas nos alcanzaban algunos ruidos de la fiesta. Tranquila, sin siquiera revisar a sus espaldas, Paloma entró y empezó a escudriñar hasta el último rincón. Yo, en cambio, apreté los párpados y cerré la puerta (cerrar los ojos para cerrar el mundo, para no ser vista). Cuando los abrí, Paloma esperaba inquieta. ¿Y? Le indiqué el velador. Allí guardaba mi madre sus cigarros, los fósforos y las pastillas que tomaba algunas veces, alguna mañana nublada y sin falta las noches de apagón. Quedaba sólo un cigarro en la cajetilla de Barclays, pero Paloma abrió el cajón, lo revolvió y descubrió enseguida un paquete nuevo. Tomó también una tira de pastillas y todo desapareció al interior de una carterita roja que surgió como por arte de magia colgada de uno de sus hombros (porque ese tipo de cosas sí se recuerdan bien; el brillo hiriente de una cartera roja).

El piso comenzaba a moverse bajo mis pies, el vaivén perezoso de un naufragio que yo sorteaba un poco asustada, feliz y al mismo tiempo asustada de llevar a Paloma zigzagueando por la casa. Cruzamos juntas el pasillo y el living, y juntas dejamos atrás el murmullo de las voces y los nuevos cómputos, escrutados el ochenta y tres por ciento de los votos. Sostuve su mano con todas mis fuerzas y la llevé afuera, lejos de donde su papá y el mío se gritaban (su papá se había levantado del sillón y el mío se escondía tras esos anteojos que le partían la cara en dos). Apoyado contra la pared, cada vez más lejos de nosotras, mi papá golpeaba su copa con el filo de un cuchillo. Tin tin tin. Silencio. Tin tin. Como si ese tintineo lo protegiera de la furia que el alemán, el papá de Paloma, parecía haber pulido durante años para lanzarla en ese momento. Un minuto de silencio, gritó mi papá y consiguió una pausa, un paréntesis que aprovechó para brindar por un listado de desconocidos, una seguidilla de personas con dos nombres y dos apellidos (como solían ser los nombres de los muertos).

Cerré a mis espaldas la puerta vidriada que llevaba a la terraza y por un momento nos quedamos calladas y a oscuras (¿caían cenizas?, ¿llovía?). La luz se había cortado y los grandes recién notaban la oscuridad: apagón, un cadenazo, súbanle el volumen a la radio a pilas (y yo pensaba en mi madre y sus pastillas, sus pastillas). Paloma encendió una vela y sacó de su cartera el paquete de Barclays. Fumemos mejor, dijo sin conseguir pronunciar la erre pero desatando prolijamente la cinta que envolvía la cajetilla. Arrancó el papel dorado del interior, lo tiró al suelo y le dio unos golpecitos a la caja con la palma de su mano. Dos cigarrillos asomaron por el borde. Yo sostuve el mío entre el índice y el dedo medio, imitando a mi madre cuando fumaba. Paloma, en cambio, llevó el paquete hasta su boca, sujetó el filtro con sus labios y arrastró el cigarro hacia ella como si se tratase de un objeto muy frágil. Luego, inclinando su cara, rozó la punta del cigarro con la llama de la vela. Una profesional. El fuego iluminó sus ojos y ella aspiró, entrecerrándolos (ojos rojos, pensé, ojos tintos). El tabaco se encendió y un humo blanco y compacto quedó suspendido a milímetros de sus labios. La miré fascinada, celosa, informados el ochenta y ocho por ciento de los votos, mientras nacía de su boca esa niebla que se desvaneció enseguida a su alrededor.

No pude con mi admiración. Le pedí que me enseñara. Cómo había aprendido, desde cuándo fumaba, cómo hacía para no toser. ¿No has fumado nunca?, preguntó ella aspirando de nuevo. Pero seguro sí has probado estas pastillas ¿no?, dijo sacando una de las cápsulas de su caja y apoyándola sobre su lengua, donde aún se arrastraban unos restos de humo. Sentí un malestar en mi estómago; un ardor en mi pecho, en mi cara. Le contesté que no, claro que no había fumado, es un asco, dije concentrándome en un punto fijo en el suelo, un punto distinto al que ella había visto cuando entró a la casa y buscaba en la tierra algo más allá de sus alpargatas, de mis pies, del barro, de mí misma, un secreto que yo no fui capaz de descubrir. Le advertí que se le iban a poner los dedos negros, la piel opaca y los dientes amarillos. Esas pastillas eran de mi mamá, para las mañanas grises, para las noches de apagón. Ella me ignoró. Me contó que fumaba cada mañana antes de entrar al colegio, en Berlín, con sus amigas. Yo no sabía dónde quedaba Berlín, pero la imaginé regando esas volutas de humo en un bosque enorme y verde claro, y la odié.

Dentro de la casa había vuelto la luz y la radio rugía para enmudecernos. El papá de Paloma gritaba fuera de sí, enarbolando su dedo en dirección a mi papá:

hocicóndemierda, cagón, tú no brindas por nadie, hijodeputa. Mi madre entraba en ese momento al living y al verlo gritar tomó una copa cualquiera, la rellenó, y se acercó con ese vaso por delante, como protegiéndose con el vidrio, imponiendo una distancia vidriada entre ellos, rogándole con ese vino rojo que se calmara, por favor, no vale la pena, Hans, tomémonos un trago y celebremos las buenas noticias, para qué ahora, para qué después de tanto. Es un día especial, dijo obligándolo a aceptar la copa y consiguiendo domar el dedo exaltado: hay cosas sobre las que es mejor no hablar. La mamá de Paloma observaba quieta desde el sillón, asintiendo con una expresión que me pareció extraña, como si sólo en medio de los gritos, de las cifras, como si sólo en el centro de la rabia, reconociera a mi madre verdaderamente (a Claudia, a Consuelo, eso no lo sabría). Mi papá, en cambio, seguía cabizbajo y mudo. Parecía querer decir algo, fumarse un cigarro, escuchar música hasta caer dormido (las puntas de sus pies destapadas, el seseo de la estática televisiva), pero el alemán volvió al ataque, bocón de mierda, mientras la voz de mi papá seguía atrapada (y yo quise abrazarlo, salvarlo de lo que fuera). Entre Paloma y yo se abrió un silencio nuevo, una pausa que rompí cuando ya no pude evitar los gritos. Yo también quiero fumar, dije, escrutados el noventa y tres por ciento de los votos. Yo también me quiero ir, agregué sin saber que esa promesa se mantendría intacta tantos años.

Paloma le dio la espalda al ventanal, tomó la cajita de fósforos y acercó a mi boca uno ya encendido. Mejor fuma, dijo (fumemos, diría después). Es importante, insistió agitando un cigarro entre sus labios. Yo asentí queriendo preguntarle cómo se hacía, si me dolería el pecho, si el humo quemaba, si me ahogaría por dentro. Pero la llama ya se extinguía frente a mí y no me dio tiempo para preguntas.

Aspiré hondo y sin pensar.

Aspiré y mi garganta se cerró como un puño.

Aspiré cuando se abría la puerta y salía mi madre, buscándome.

Paloma dio un salto, alejándose de mí.

Escondí el cigarro detrás de mi espalda y por un segundo, mientras mi madre avanzaba, logré contener el humo y la tos. Mi madre se puso en cuclillas y me miró fijo (y el humo en mi pecho enloqueció buscando salidas). Me abrazó y me estrechó con fuerzas (y los votos escrutados eran miles y el cigarro quemaba entre mis dedos y el gigantesco papá de Paloma se acercaba rápido hacia el mío y el humo empujaba buscando su fuga). Mi madre me sostuvo los hombros, enterró sus uñas en mi piel y me habló entre resoplidos, su voz quebrándose como las ramas de un árbol muerto: Iquela, mi niña, no te olvides nunca de este día (porque no debía olvidar nada, nunca).

Jamás te olvides, repitió, y la tos estalló seca adentro mío. Subió y me estremeció hasta dejarme totalmente vacía.

El aire se había vuelto áspero como el vino, los maquis, las erres. Un aire compacto, un cielo cerrado. Paloma volvió a acercarse cuando mi madre se había ido, me acarició la espalda, la palmoteó un par de veces y puso tres pastillas sobre la palma de mi mano (tres blanquísimos puntos suspensivos). Ella eligió otras tres que desaparecieron en su boca. Tómatelas, dijo como invitándome a un rito secreto. Tómatelas ahora, insistió y yo lo hice ya sin dudarlo mientras Paloma sostenía mi cara entre sus manos. Me las tragué pese a su amargura, pese al temor, mientras ella se acercaba y sus ojos se cerraban (cientos de pares de ojos que no me veían). Yo cerré los míos queriendo jugar al apagón, a la noche, a desaparecer. Los cerré e imaginé esos interminables bosques envueltos en la niebla que brotaba de su boca. El beso entonces fue inesperado. Un beso de unos pocos segundos, ni corto ni demasiado largo, apenas suficiente para que Paloma y yo viéramos el momento justo en que su papá le pegaba al mío, justo cuando arremetía la tos para acallar el último recuento de votos, justo cuando mi madre abrazaba a otra persona para que tampoco se olvidara de ese día.

contorsionista, la cabeza caída entre las rodillas, el cuello torcido, y claro, con esa pinta cualquiera asumiría que es un borracho, los restos del carrete del fin de semana u otro que ya no pudo con el calor de mierda santiaguino, pero no, es un muerto; y después es cosa de subirse a la micro y fijarse en que ese sentadito atrás, el que aplasta el cachete contra el vidrio, no está dejando precisamente su aliento en la ventana, no, ese también es un muerto; y luego basta aguzar la mirada, tener ojo de lince, ojo de res, ojo de buey para verlos en todas partes, es cosa de bajarse de la micro, dilatar cada uno de los ojos de la piel y cachar que el que espera en el paradero seguro–seguro llega tarde, ese también estiró la pata, porque así llegan, sin aviso y sin fanfarria, y yo anoto en mi cuaderno como en el conteo de votos de las elecciones: de cinco en cinco los voy restando, desde el primero en adelante, ese que apareció entrada la noche, conmigo vagando distraído por la Plaza de Armas, viendo a los guarenes comerse los restos del maní confitado, en eso andaba yo, tomando aire de preemergencia, oliendo las flores negras en la noche negra, intentando ventilarme las ideas del día, cuando de repente veo una cosa rara en medio de la plaza, ahí donde había una horca, donde colgaban a los ladrones, a los ateos, a los infieles, en ese lugar veo algo inusual y me acerco, sí, y por un momento creo que es un quiltro durmiendo la siesta y camino cauteloso para saludarlo, pero cuando estoy a su lado me doy cuenta de que es otra cosa, es un hombre o una mujer, o a lo mejor es un hombre y una mujer al mismo tiempo, eso pienso, esqueletos acompañándose, entibiándose, rozándose, y yo con mis ojos grandes pensaba que eran lindos, preciosos los huesos blancos, porque a mí me encantaba el color blanco, blanco–osobuco, por supuesto, y es que yo amaba el osobuco con su médula gelatinosa blanco–plomizo, ese blanco idéntico al de la tina de Chinquihue, la tina medio cochina donde yo me metía después de las noticias para ponerme blanco y desaparecer; abría el agua fría a todo chancho, me sacaba la ropa y me metía pilucho para espiar los dedos de mis pies, esperando que se me pusieran las uñas blancas, pero nunca se ponían blancas, no, se ponían azules, las uñas azules bajo el agua helada, la piel de gallina y después de un rato, la piel arrugada como los dátiles, los elefantes, los tomates recocidos, mi propia cáscara a punto de salirse, mi piel queriendo desprenderse, y justamente eso quería yo bajo el agua fría allá en Chinquihue: quería desprenderme, pero no lo conseguía, porque llegaba mi abuela Elsa muy puntual para decirme: pero mi niño, mijito, qué tontera está haciendo ahí metido, pucha que me salió chúcaro usté, y luego me levantaba en vilo desde el agua y al salir nacía un frío horrible que me clavaba agujas en la piel, y yo estaba entumido y mi abuela me abrazaba y con una toalla blanca me frotaba, aserrín aserrán, piden queso les dan hueso, y me advertía que si me seguía portando mal me iba a llevar a Santiago donde la Iquela, y en Santiago me esperaba ese calor pegajoso y también el Rodolfo y su cicatriz de lado a lado, y me esperaba la Consuelo con su amargura y el olor a pena y las chirimoyas tristes y entonces, pese a la toalla blanca, las ideas de la noche se imponían, hormigas enloquecidas cubriéndome el cuero cabelludo, sí, y mi abuela echaba a las ideas negras con la toalla, las apaleaba, las espantaba y me decía niño—chúcaro, eso decía mi abuela Elsa frotándome entero para alisarme la piel, para plancharme la piel arremangada en los huesos, esos huesos flacos que se me notaban bajo la ropa y que también se notaban en las fosas en el suelo, esos huesos que una y otra vez transmitían en la tele, sí, pero con advertencia previa al menos, no como ahora, que aparecen así nomás, uno tras otro se asoman los muertos de Santiago, de esta ciudad mortuoria que seguro—seguro no es sensible ni menor de edad.

( )

———

El teléfono me sobresaltó a una hora inusual. Yo intentaba traducir al castellano una frase intraducible, acalambrada después de varias horas inmóvil sobre el mismo sillón, cuando sonó ese timbre insoportable. Si hubiesen sido las nueve y cuarto de la mañana, habría adivinado que era ella. Su horario imperturbable, nueve y cuarto, todos los días. Imposible que fuese mi madre a las tres de la tarde. Interrumpí mi trabajo sin dejar de pensar que esa traducción me tenía arrinconada. Había un error en el original en inglés y yo me debatía entre traducir esa oración o corregirla: traducir fielmente el error, reproduciéndolo en castellano, o hacer una traducción equivocada, alterando el original. Y todavía aturdida por esa trampa, molesta por el hormigueo que trepaba porfiado por una de mis piernas, atendí.

Habló muy despacio, calculando pausas exactas entre su respiración y sus palabras, sin saludar ni comentar el clima, el maldito calor, cualquier cosa para amortiguar las malas noticias. Usó el tono de urgencia que ella urdía tan bien, martillando cada sílaba para que se clavara en el mismísimo fondo de mi cabeza: Se–murió (y un vértigo en que murieron plantas, mascotas, amigos), la–Ingrid, dijo. Me quedé muda intentando dar con una cara para ese nombre, unir imágenes y perfiles: la Ingrid, la Ingrid. Claro que la recordaba (un álamo espigado tocando el timbre). Mantuve el silencio, un paréntesis largo y tenso, y le dije a mi madre que no, no tenía la menor idea de quién era esa tal Ingrid. Logré exasperarla en un segundo y me advirtió indignada que la hija aterrizaría en Santiago al día siguiente, que yo debía ir a buscar su auto y recogerla en el aeropuerto, que ella no podría salir con tantísimo calor. Se llama Paloma, dijo, cómo puede ser que nunca te acuerdes de nada.

En el camino al aeropuerto no dejé de sudar. En realidad no había dejado de sudar hacía semanas, pero encerrada en su auto el calor era insufrible. Y no sólo adentro. Por las ventanas entraba un aire espeso y tibio: el aliento de todas las bocas acercándose a la mía. Cerré las ventanas y me sequé las gotas amontonadas en mi frente y en mi cuello. Desesperante. No llovía hacía meses y el calor se había instalado en Santiago sin intenciones de ceder. Al principio los diarios al menos titulaban con el clima: ola de calor destroza cientos de cultivos; hecatombe agrícola en la zona central. Pero los treinta y seis punto seis, punto siete, punto ocho grados que escalaban en los termómetros en pleno otoño ya no le interesaban a nadie. La gente parecía acostumbrada a ese eterno verano, salvo yo, que insistía en buscar alguna sombra si salía a la calle.

Cruzaba las veredas persiguiendo árboles y toldos pese a saber que el problema no provenía del sol. El calor, ese maligno calor, tenía otro origen: subterráneo, levantando la podredumbre del pavimento, envolviendo los cuerpos desde los pies; ese calor anunciaba las cenizas. Pero a mí las cenizas me tenían sin cuidado. El gris tiñendo parques y jardines, el gris posándose sobre los techos y las casas me gustaba, me aliviaba incluso. Lo difícil era la inminencia, la espera. El calor era mi verdadera pesadilla, o peor aún: la certeza de una futura pesadilla.

La zona de llegadas del aeropuerto se vació y se volvió a llenar un par de veces mientras yo escuchaba música, revivía los pormenores de nuestro primer encuentro y miraba distraída a mi alrededor: los gestos ansiosos de los esperadores cuando se abrían las puertas, su vaivén de pingüinos mecánicos (apoyarse en un pie, luego en el otro), las burocráticas sonrisas de las azafatas. Toda esa gente acorralada, agotada por la escasez de sillas y su propia incertidumbre, pero disfrutando esa dulce espera. Eran los esperadores después de todo (los pacientes esperadores del aeropuerto, de los consultorios, de los tribunales, de los paraderos). No tenía sentido quedarme ahí un minuto más, regurgitando la promesa de fuga que permanecía intacta desde aquella visita de Paloma. Mis fantasías desde entonces, mis ensoñaciones de días, de años, y que en esa sala de espera querían estallar en mi cabeza, se habían limitado a vagos coqueteos con algún medio de transporte: el último asiento de un vagón de tren o mi pulgar suplicando en una larga carretera. El destino nunca había tenido importancia. Yo planeaba ese viaje como se planifica una fuga. Salir. Salir de Santiago a toda costa. Tenía ahorros suficientes para alejarme unos mil kilómetros en cualquier dirección, aunque la única dirección que había tomado mi vida había sido a ocho cuadras y media de la casa de mi madre.

Me asomé por última vez a través de las puertas automáticas, imaginando la perorata de mi madre sobre mi desidia y mi impaciencia cuando regresara a devolverle el auto yo sola, sin Paloma. Miré sin expectativas, convencida de que ella no me habría reconocido y se había ido por su cuenta, pero entonces la vi.

Un grupo de taxistas la acosaba con carteles y preguntas que ella parecía no escuchar: Paloma con una maleta muy chica a sus pies y un cigarro encendido en su mano, unos shorts cortísimos, el pelo rubio atado con descuido en la cima de su cabeza y una polera blanca que sacudía intentando refrescarse. Fumaba ante el estupor de un policía que parecía no darle crédito a sus ojos y se debatía entre multarla o dejarla hacer lo que quisiera. Y ella fumaba, como si nada. Sus facciones habían perdido la redondez de la infancia, pero diminutas pecas aún cubrían buena parte de su frente (caras superponiéndose sobre la misma piel: Paloma de niña, Paloma adulta, otra vez la niña y su madre muerta). Sus cejas parecían más oscuras que su pelo y el rímel acentuaba el contorno de unos ojos que yo esperaba ver enrojecidos. Pero ella se veía tranquila, demasiado. Como si nadie hubiese muerto o aún contemplara por la ventanilla la ciudad enterrada entre los cerros, Paloma agarró con una mano su cámara de fotos, una antigua máquina colgada de su cuello, y fotografió un anuncio colgado a la pared. Se veía descansada, relajada incluso, mientras examinaba esa botella de pisco rojo, naranja, verde, violeta; cambiaba de color según la perspectiva. Paloma se empinó, se agachó y volvió a enderezarse varias veces intentando conseguir el mejor ángulo posible mientras uno de los taxistas, un tipo gordo y transpirado, observaba atento su curioso rito. Caminé hacia ellos para interponerme, y a medida que me acercaba, cada vez más rápida, más resuelta, me sorprendió reconocer sus cejas fruncidas, las margaritas perforando los bordes de su boca, la ligereza con que Paloma alternaba uno y otro movimiento: abanicarse, sacar una foto, fumar ese cigarro.

El taxista fingió que alguien lo llamaba, se escabulló entre los esperadores y ella quitó la vista de la botella de pisco. Sudaba. Un mechón rubio quedó enredado en medio de su frente, dándole un aspecto desprolijo y agobiado que no cambiaría ese día ni los próximos. Paloma le dio una calada a su cigarro y me devolvió una expresión vacía: absoluto desinterés. Y fue ese gesto, esa mirada, la que me impulsó a dar dos pasos y abalanzar mi cuerpo sobre el suyo. Paloma estiró uno de sus brazos justo a tiempo, e inclinándose hacia atrás, retrocediendo gradual aunque innegablemente, me dio una palmadita en el hombro, evitando con cierta gracia mi desmedido abrazo. Iquela, dijo entonces, como si nombrarme fuese parte de ese rito o con mi nombre convocara una presencia de otra manera fantasmal. Tuve la sensación de haber pisado un escalón inexistente. Ella, sin embargo, no pareció advertirlo. Apagó el cigarro y me agradeció haber ido a buscarla. Creí que vendría Consuelo, dijo con una sonrisa cordial, sus ojos descansando en un punto fijo más allá de mi cara, del aeropuerto, de una ciudad en la que ella no había aterrizado todavía (esos ojos falsos, ojos de mentira).

Paloma me sonó extraña cuando habló. Quizás esperaba escuchar su voz de niña, ese tono rasposo que aún merodeaba en mi recuerdo y que en nada se parecía al acento neutral con que contestó mis preguntas. Creí que hablaría el castellano torpe del ochenta y ocho. Pero ella había aprendido a tragarse consonantes y sílabas completas, a inspirar las eses como si doliera decirlas, a llenar las pausas con comentarios sobre el calor o el esmog, a evitar los silencios como los sorteaba yo: sin éxito. Porque en cuanto terminaron los saludos y las preguntas de rigor, se abrió entre nosotras un paréntesis larguísimo, ideal para que yo mencionara a su mamá y le devolviera una palmadita distante en el hombro. Lo siento mucho por tu madre, no me imagino lo que debes estar sintiendo, mis condolencias, lamento su fallecimiento. Cada pésame sonaba peor que el anterior y a mí sólo se me ocurrían esas oraciones frías y formales, como si funcionaran mejor en inglés y fuesen traducciones equivocadas.

Resistí el silencio construyendo un listado mental de ese espacio, evitando así que la incomodidad se reflejara en mis ojos, siempre incapaces de disimular (y conté doce maletas arrastradas por cuerpos exhaustos, un collar de perlas sosteniendo una papada, dos carteles de cartón con apellidos extranjeros y tres vuelos atrasados, suspendidos, cancelados).

Paloma me tocó el hombro y me preguntó en qué estaba pensando. El listado quedó a medio camino. Era la clase de pregunta que habría hecho mi madre; el tipo de pregunta que de seguro le hacían a ella cuando se distraía o se quedaba callada. No era posible aterrizar, saludar y pretender enterarse de lo que uno pensaba. No contesté. Contestarle no estaba en la lista que ya se derrumbaba en mi cabeza. Además, la pregunta por el lugar donde guardaban los ataúdes en el avión, que era lo único que yo quería saber, lo único en que pude pensar al ver esa maletita a sus pies, no me pareció la más apropiada para iniciar una conversación entre nosotras.

Le anuncié que cenaríamos a las ocho en la casa de mi madre. Que si prefería podíamos ir a dejar sus cosas antes, para que no estuviera tan cargada el resto del día. Ella se limitó a mostrarme el tamaño de su maleta y dijo que no me hiciera problema, pero insistió en que le parecía raro que Consuelo no hubiese ido al aeropuerto. Por teléfono me avisó que vendría personalmente a recogerme, dijo Paloma seseando un poco, como si sus eses encontraran un obstáculo en su lengua (un tornillo, una flecha, un clavo oxidado). Consuelo me lo prometió, insistió Paloma, y ya no pude dejar de mirar ese aro brillante y su naufragio. ¿Le pasó algo? ¿Está bien? (y me esforcé por apartar la vista de su lengua y enumeré tres colillas aplastadas en el suelo). Sin levantar la mirada, asentí. Claro que mi madre estaba bien. El problema nunca había sido ese, sino a quiénes ella incluía en su *personalmente*, en el *yo* te recojo. Pero eso no se lo dije. Sólo sugerí que diéramos una vuelta por Santiago antes de comer. Teníamos tiempo de sobra antes de esa cena que amenazaba con enloquecerme.

Mis visitas habituales eran breves, como si nos topáramos casualmente en una esquina y yo tuviera algo trascendental que hacer a pocas cuadras. Nueve y cuarto de la mañana: el timbre del teléfono. Nueve y veinte: comprar el diario, el pan, comprar un poco de tiempo. Nueve cuarenta: recorrer las ocho cuadras y media para encontrarla sin falta en el antejardín (inundando el pasto, las baldosas, el mimbre descascarado de los muebles viejos). Se desplegaba entonces nuestra sucesión de interrupciones: hablábamos y mi madre cocinaba o se quitaba el maquillaje, hablábamos y ella regaba o guardaba las compras del día, hablábamos y ella recordaba, por supuesto, obligándome a extender mi visita veinte minutos, media hora, treinta y cinco minutos que se arrastraban lentísimos mientras mi madre repasaba las mismas historias, con idénticos énfasis y lamentos. Jamás conversábamos cara a cara y mucho menos en una cena. Mis ojos eran el problema; no sabían sostener esa mirada (sostener el peso de todas las cosas que ella había visto alguna vez). Se posaban nerviosos en sus labios delgados, en las cicatrices de los clavos perforando las paredes. Y si yo conseguía forzarlos, si respiraba hondo y lograba por un momento sostener esa mirada, mi madre arremetía implacable:

tienes mis ojos, Iquela, cada día te pareces más a mí (y el peso de todas las cosas me devolvía la vista al suelo).

Como si se adelantase a la tensión de la cena o su cuerpo se preparara de antemano, Paloma comenzó a sacudir una de sus piernas desde el momento en que nos subimos al auto; un temblor maniático que no intenté calmar. Sintonizó y cambió la radio, cerró y abrió la ventana una y otra vez, y fumó sin pausas todo el camino. Un cigarro después del otro, el nuevo encendiéndose con las brasas del anterior. Sólo se tranquilizó cuando recordó su reproductor de música y lo sintonizó a la radio. Una canción lenta y un poco triste la calmó (una mujer, una guitarra, una melodía sin palabras). Yo manejaba más atenta a lo que ella hacía o dejaba de hacer que a escoger la mejor ruta, la más vacía. Y tal vez animada por el deseo de dilatar el inicio de la cena, quizás perdernos, arriesgando incluso no llegar nunca, me desvié del camino y sugerí que paseáramos un rato para que viera la ciudad desde la altura. Santiago tiene un buen lejos y un mal cerca, le dije y aceleré sin esperar respuesta.

Por más que ande acompañado o que pasen otros por el mismo lugar, siempre soy yo el que los encuentra, una y otra vez mis cientos de ojos se dilatan enormes y los ven, en cambio la Iquela no ve nada: ella va paveando, comentando el reflejo del sol en los ciruelos, describiendo cómo se estiran las sombras de los edificios sobre el piso, y yo solamente asiento, ajá, le digo, mmm, qué interesante Ique, pero nunca veo esas cosas yo, nunca veo cosas bonitas y claras y comunes, y ella, por otro lado, no ve cosas feas ni raras ni importantes, no ve muertos, por ejemplo, ni tampoco al viejo que meaba en una botella de Pap ahí en 10 de Julio, machacando con que su pichí salía gasificado, y la Iquela dale que dale con la tierra dorada al atardecer, ¡qué latera, por favor!, pero eso no se lo digo, no, porque si nos peleamos, ¿quién me va a prestar el sillón cuando esté en Santiago y me falte plata?, por eso me hago el huevón y le digo mmm, sí, una maravilla Ique, y salimos a caminar mientras yo piso las hojas más crujientes y cafés, y la Iquela sin falta: ¡shhh, córtala Felipe!, porque quiere que me calle, la perla, como si el famoso suelo dorado sólo se pudiera apreciar en estado zen, y lo que pasa es que la Iquela siempre anda así, más seria que perro en bote, en cambio yo camino nervioso, porque a mí me pone saltón mucho silencio, desde niño me gusta el ruido, harta bulla para no escuchar tanta palabrería en mi cabeza, por eso ando con música, me pongo los audífonos y santo remedio, pero se me acaba la batería cada dos por tres y lo que hago entonces es pisar hojas cafés y oscuras y sonoras, y mientras crujen pienso en cosas crujientes, a ver si el ruido de esas ideas hace callar a las de adentro, y ahí sin falta me acuerdo de mi abuela Elsa sentada en la cocina allá en Chinquihue y el ruido que hacía la cáscara del huevo entre sus dedos, porque había que mezclar la cáscara molida con la leche, un poquito de leche nomás y harta cáscara para dársela al perrito desnutrido, decía ella, para que tenga calcio, insistía, y la cáscara crujía y ella la mezclaba con unas gotitas blancas y le daba la leche al perrito solitario, al quiltro desnutrido que había llegado a la puerta con sus orejitas caídas y su hocico mojado, una mañana había aparecido temblando porque la perrita–mamá no lo quería, la perrita–mamá se había ido y del perro–papá no se sabía nada, dijo mi abuela meciéndolo entre sus manos, y yo supe altiro que ella sí lo iba a querer, porque mi abuela Elsa quería como un hijo a todo el mundo: al perrito, a las gallinas, al loro Evaristo y a mí, claro, si hasta me pedía que la llamara mamá, mamadre, mamaíta, pero yo era chúcaro y no le decía nada, pero sí miraba atento cómo mi perrito–hermano lengüeteaba su leche, cómo hundía su lengua porosa entre los grumos, sí, y me encantaba ver esa lengua humedecida, me gustaba verlo atragantarse mientras llovía y llovía, y la lluvia se clavaba a chuzos sobre el barro, sobre las tejas, sobre mí mismo, y se clavaban las uñas del quiltro en la alfombra y se clavaban mis ojos en su pelaje, y el perrito lamía su leche y se atragantaba y entonces tosía, sí, y yo tosía también para que él y yo nos pareciéramos, tosíamos juntos en un coro de toses animales, y sólo así me convencía mi abuela de que yo también comiera algo, porque a mí no me gustaba el huevo duro y ahí estaba el huevo infaltable en mi plato, ¡qué asco, taita!, y es que la clara es demasiado lisa y a mí las cosas lisas no me gustan, pero si mi perro–hermano se comía hasta la cáscara del huevo entonces yo también me lo tragaba, así me persuadía mi abuela Elsa y en ella pienso mientras aplasto las hojas secas en Santiago: pienso en cosas crujientes como la lluvia de Chinquihue y las nalcas estallando entre mis muelas, las ristras de piures contra las paredes y la leña derrumbándose en las chimeneas, y también pienso en el loro Evaristo encerrado en su jaula en la cocina, ruidoso por fuera y silencioso por dentro, ¡callado el loro!, le decía mi abuela Elsa, fue él quien me hizo entender la verdadera clave de las matemáticas: que el orden importaba, sí, el orden alteraba el producto y también importaba distinguir el todo de las partes; y es que el Evaristo me vigilaba con su ojo redondito y dilatado, yo me movía y ahí estaba su ojo encerrándome, porque mi reflejo quedaba encarcelado y a mí me encantaba de sangre roja y brillante y bonita, y al fondo de todo vi sus huesos chiquititos y también rojos, porque no es verdad que son blancos los huesos, no, son rojos, coloradísimos, por eso nadie encuentra lo que está buscando, porque ni saben lo que buscan y tampoco saben que nunca debemos rastrear el todo, no, son las partes las que valen, eso pensé contemplando las plumas en ese abanico verde y circular y el charquito rojizo y la piel arrugada sobre mi mesa, me pregunté qué faltaría para reunir las partes, para armar de nuevo el todo y devolver al Evaristo a su jaula, qué faltará, qué faltará, y lo que fallaba era su voz, eso es, cara-e-huevo, pensé, porque estaba calladito y a mí el silencio no me gusta, y sólo entonces me di cuenta de que no sabía dónde estaba, había perdido la voz del Evaristo y no hay pájaro afónico en el mundo, no, no podría rearmarlo, entonces agarré las plumas y la piel y la sangre hermosa y cristalina y las metí en una cajita de zapatos y lo que hice fue salir, salir y caminar sin rumbo allá en el campo, llevarlo en su caja de cartón adonde pastaban las vacas en Chinquihue, eso hice, y el perrito-hermano me siguió de cerca mientras yo paseaba, casi pisándome los tobillos, y juntos elegimos un lugar lindo y amplio y ahí nos desplomamos, sí, y el perrito y yo hicimos un hoyo grande, arrodillados, con sus pezuñas y mis manos cavamos un agujero hondo, tan profundo como el que yo había visto en la tele, una fosa enorme entre las matas de hierbabuena y las albahacas, y en el fondo de ese hoyo metimos las partes del Evaristo y cubrimos sus pedazos con barro y musgo y hojas, un gran monte de tierra mojada, y sólo entonces me dio pena, una pena negra y viscosa, una tristeza que me cerró los ojos para sentir el blanco en mi cabeza, el blanco reventándose en mis ojos, el dolor blanco de las líneas: rayas horizontales intermitentes, líneas punteadas que decían menos, menos, menos, sí, y mi quiltro–hermano se puso nervioso y empezó a aullar al lado mío, y ese aullido largo, ese gritito agudo, fue su primera palabra, un aullido lindo y lastimoso que yo imité con todas mis fuerzas, porque yo también aullé y aullando me salieron lágrimas saladas, lágrimas porque el todo no era lo mismo que las partes, porque adentro uno podía ser rojo y silencioso y por fuera verde y muy agudo, y porque en realidad ese fue mi primer muerto, ese y no el de la Plaza de Armas, porque los muertos son muertos al fin y al cabo, y cuando hay muertos se debe aullar, sí, aullar hasta que no haya voz, hasta que no haya nada.

( )

———

Encierro y humedad. Esa fue mi impresión cuando entré a la casa de mi madre. Las ventanas y cortinas cerradas, el pasillo a oscuras y una sola lámpara iluminando apenas unas flores marchitas en el comedor, completaron una escena lúgubre, de calculado abandono.

Paloma me siguió a la mesa, se sentó en el que solía ser mi puesto y comenzó a hablar con soltura, como si el abrazo de mi madre hubiera sido el único culpable de su incomodidad. Ella había querido una palmadita fría, un hola Consuelo tímido y formal, pero mi madre la estrechó con fuerza en cuanto pisamos el antejardín (hombros tensos, maquis amargos, pies azotándose contra el suelo). Sólo después de un momento, con Paloma todavía oscilando entre la irritación y el desconcierto, mi madre la separó de su pecho y la contempló con la amargura con que a menudo me miraba a mí: como a un objeto irremediablemente roto. Idéntica, sentenció soltándole de golpe el mentón. Salvo por los ojos, eres igualita a la Ingrid (y con eso quiso decir ojos huecos, sin mirada).

Ya recuperada del saludo, con una copa de vino sobre la mesa y mi madre a unos necesarios metros de distancia, Paloma pareció más animada, incluso contenta de poder ensayar el castellano que a mí me sonó temeroso al principio y más seguro al cabo de un rato. Enumeró una serie de ciudades donde había vivido en su niñez: Múnich, Frankfurt, Hamburgo, Berlín (y yo la odié por esos viajes, por haberse ido tantas veces). Habló de Ingrid, de sus mudanzas, de cómo había sido su vida afuera (afuera de qué, no estuve segura). Siempre quiso retornar, le dijo a mi madre, que entraba y salía del comedor trayendo agua, vino, aparentando desinterés. No sé por qué no volvió a Chile si no dejaba de hablar de ustedes, agregó Paloma examinándose las palmas de las manos, como si allí se ocultara una retrasada y sentida disculpa.

Me senté frente a ella, en el puesto que ocupaba Felipe cuando éramos niños, y fue ese ángulo el que me permitió notar un cambio en las paredes. Ya no estaban las decenas de clavos perforando los muros, recordándome la ausencia de los cuadros que mi madre había sacado porque los temblores, los terremotos, nadie sabe cuándo puede venir el descalabro, Iquela, quítalos todos, por favor, me había dicho, y las paredes se habían poblado de cicatrices que yo reconocía como un perfecto mapa de la casa. Ahora colgaban paisajes desconocidos (un pájaro ardiendo en el cielo gris, un bosque insinuándose a los pies de una montaña).

Mi madre salía con más frecuencia de lo que estaba dispuesta a admitir y me lo hacía saber con huellas como esos cuadros o esas rosas mustias sobre la mesa (flores extrañas, de afuera, rosas que mi madre había conseguido sin mí). Había declarado que no saldría más, sólo puedo estar segura en esta casa, anunció un día devorando los padrastros de sus uñas. Ya no celebraba fiestas ni invitaba a gente a acompañarla. Salvo a mí, que la visitaba tres o cuatro veces por semana, rutinaria, tranquilizadoramente, para decirle: no pasa nada afuera, madre (aunque pasaran nubes y errores y tiempo).

Con absoluta calma, mi madre montaba el escenario de esa cena, su cuerpo como siempre inmune al calor. Estaba arreglada y maquillada, su melena blanca apenas suspendida sobre sus clavículas, y sin duda disfrutaba de tenernos como público cautivo. Casi le temblaban los labios por el esfuerzo de contener su sonrisa, una risa extraña, que intenté sin éxito descifrar. No era alegre ni formal. Ni auténtica ni fingida. Como si una cara detrás de su propia cara se alegrara, o su expresión de joven, de Consuelo, no de mi madre, asomara de pronto para darle la bienvenida a Ingrid, no a Paloma.

Ya sentada a la mesa, mientras extendía la servilleta por encima de sus rodillas, le dijo a Paloma que había dejado pasar demasiado tiempo. Usó un tono de reproche, separando las sílabas para asegurarse de que ella entendiera. Como si no hubiese escuchado el relato de las mudanzas de Paloma, mi madre asumió que desde el ochenta y ocho ella no había aprendido una sola frase de español. Por eso moduló estirando las palabras hasta romperlas en sílabas sin sentido: de–ma–sia–do–tiem–po. Paloma pareció complacida. Lo único inusual en su castellano eran ciertos verbos que flotaban a la deriva. Como cuando contó que su madre y ella decidieron no *retornar* a Chile. El suyo era un castellano correcto pero añejo, que de seguro aún se oía en algunas partes de Suecia, de Berlín, de Canadá, pero que a mí me sonó vacío o vaciado, tal vez.

Mi madre preguntó por Hans; por qué no vino a Chile a enterrar a Ingrid, qué haces aquí sola, por qué no te ayudó. Paloma le explicó que estaban separados, habían perdido contacto después del divorcio y él se había casado por segunda vez. Y entonces mi madre, certera, adelantándose sobre su silla: ¿Y por qué no volvieron ustedes? (queriendo decir por qué no habían *retornado*). Paloma no contestó y no dijo mucho más durante el resto de la cena. Había ido a escuchar y escucharía atenta, sin dejar de comerse las gruesas hojas de su alcachofa, arrancándolas una a una, examinándolas, acercándolas a su boca, chupando con delicadeza esa pulpa plomiza y abandonándolas en un círculo perfecto. Mi madre, en cambio, agarraba puñados que descuajaba ansiosa, diciéndome entre mordiscos que así no iba a terminar nunca y mirando de reojo mi plato intacto (cómete la comida, niña, tómate tu leche, devora todo lo que tengas por delante que hay hambruna, hay tristeza, tanta tristeza y tú tan seria, niña, muéstrame esos dientes blancos en tu boca roja).

Paloma rellenó su copa y también yo me serví vino, creyendo que así nos fugaríamos como cuando buscábamos restos en los vasos. Pero mi madre nos atrapó hablando de Ingrid y Hans, del día que se asilaron en la embajada. Paloma dejó su copa sobre la mesa, se inclinó hacia delante y pronunció cada letra de *asiló* estampando en su cara un gesto nuevo para mí: el de alguien que comprende dolorosamente lo poco que sabía.

Mi madre aprovechó para sermonear a Paloma por no saber algo tan importante sobre Ingrid, algo *clave,* dijo y me pidió que le explicara en inglés qué significaba asilarse. ¿No traduces acaso, Iquela? Explícale qué es. Parece que no hablaba castellano tan perfecto la Palomita. Es *clave* que sepa. Pero *clave* significaba una cosa para ella y para mí todas las demás: clavar, hundir, una pista para encontrar un secreto. Y asilo era un hogar de ancianos contemplando paisajes en las paredes. El problema de Paloma no era el idioma, sino la ingravidez de esa palabra. Por eso no contesté, y ante mi silencio fue Consuelo quien habló (porque Consuelo y no mi madre, hablaba de esa época, de *su* época). Y yo, una vez más, dejé de oír, intentando escapar del peso de esas frases, convencida, como cuando niña, de que cada persona no vivía una cantidad de años sino un número predeterminado de palabras que podía escuchar a lo largo de la vida (y había palabras leves como planeador o libélula y otras pesadas como gruta, queloide o rajadura). Las de mi madre valían por cientos, por miles, y me mataban más rápido que ninguna. Tal vez por eso yo había aprendido otro idioma; para ganar tiempo.

Entré a la cocina a buscar agua, así que no escuché por dónde comenzó el relato. De seguro le hablaría de la oscuridad: que esos días (sus días) se anunciaban más largos y oscuros. Caminaba por las calles y esperaba, miraba, sabía. Eran los verbos de mi madre: Esperar. Mirar. Saber. De niña yo le rogaba que me contara esa historia con protagonistas conocidos, que se detuviera en los detalles, que los repitiera, y mi madre lo hacía una y otra vez, contando ese relato en tiempo presente, su mirada lejos, apartándose hacia ese lugar donde todo ocurría de nuevo (todavía estoy viendo la pared frente a mis ojos, decía). Oí a Paloma pedirle que empezara por el principio, que no se saltara ninguna parte: ¿cómo se conocieron?, dijo y yo cerré la puerta a mis espaldas.

Sobre el refrigerador, la televisión se mantenía encendida y sin volumen. Letras grises atravesaban la pantalla: *Coche bomba en Medio Oriente. Baja inesperada en el Dow Jones. Récord de calor en la zona central.* Dos botellas de vino esperaban junto a una ensalada chilena sin mezclar que acompañaría el segundo plato. La cebolla cruda en plumas irregulares, muchísimo más blanco que rojo. Mis ojos se irritaron y decidí separar la cebolla y hervir agua para amortiguarla. Del otro lado de la puerta, frases entrecortadas, oraciones tercas que conseguían alcanzarme.

¿Cuántos años tenían?, la voz de Paloma naciendo más profunda o más antigua, tal vez. Mi madre hablaba del día en que ella e Ingrid se habían conocido. Éramos tan jóvenes, dijo, describiendo con lujo de detalles esa asamblea emocionante, revolucionaria, *clave*, vital. Ahí se habían visto por primera vez: en el interior de la foto en blanco y negro que permanecía intacta en la pared.

Un marco de madera mal barnizada, las esquinas borrosas, y adentro, inmóvil, un ejército de hombres y mujeres frente a un podio, escuchando con devoción un discurso y contemplando la única fuga de esa imagen: un dedo en movimiento, fuera de foco. Todo lo demás, estático: cientos de perfiles soldadescos, consignas en lienzos de concreto, un árbol muerto en un rincón. Tal vez Paloma escogería fotografiar ese cuadro con su vieja cámara. Elegir, enfocar y capturar esa antigua foto (y yo me quedaría con los restos, lo que desbordara esa imagen).

La tetera soltó un suspiro y luego un silbido agudo, aplacando la conversación del comedor. Mis hombros y mi cuello se distendieron. Mantuve la tetera en el fuego: un zumbido ensordecedor, una pausa que me permitió no pensar en nada por un segundo. Pero apagué la hornalla y las palabras regresaron forzosas, inoportunas.

Ingrid aparecía detrás de un gentío en esa foto (pero el término no era gentío, sino facción, masa, frente). El pelo claro, las puntas rozando el cuello de una blusa que parecía blanca, aunque bien pudo ser amarilla o crema. No existían los colores en esa foto sino blancos más o menos blancos, grises más o menos grises, y mucho negro. Ella era la única que no observaba al hombre del discurso. Los padres de Felipe, aunque mi madre se negara a nombrarlos, aunque a toda costa intentara omitirlos, como si de ese modo pudiera suprimir sus cuerpos y así borrar el dolor, parecían los más disciplinados, capturados en un último momento de fervorosa atención. La cara de Ingrid, en cambio, apuntaba en la dirección opuesta, hacia la cámara; Hans estaba ahí, detrás del lente, enfocando y desenfocando esa mano que no dejaba de agitarse. Hans con la cámara de Paloma, lo supe enseguida. Y más allá, detrás de todas las demás personas, con esos anteojos negros que partían su cara en dos pedazos, su espalda apoyada contra una pared y su cuerpo todavía intacto, ahí estaba Rodolfo (o sea, mi papá, o sea Víctor, porque él era Víctor y mi madre Claudia y no Consuelo). Sólo sobrevivía esa foto de aquella época, la única en que él parecía ser otra persona. Algo alteraba su expresión: su cara radiante, su mirada plácida y luminosa. En esa foto ineludible, contemplada en cada almuerzo y en cada cena durante años, durante cada comida de mi infancia, mi papá parecía estar más vivo que nunca y, al mismo tiempo, a punto de morir. Era la foto que mi madre amaba. La amaba como sólo ella podía amar una fotografía; de una manera que al mismo tiempo me entristecía y me enloquecía.

Llené un jarro con agua y volví al comedor. Mi madre narraba la parte de la célula (células sin mitocondrias, ni núcleos, ni membranas). Habían conformado una célula para preparar la lucha, intuyendo que se aproximaban los días negros (días aciagos en que esperaban, miraban, sabían). Hasta que sucedió: llegaron los días de la clandestinidad y yo me paré y salí del comedor, mi copa colmada de un vino que no era tinto, sino indudablemente rojo.

Recorrí la casa deseando encontrar una puerta abierta, una salida. El vino ablandaba mis piernas, un nuevo zigzagueo por el pasillo. Paloma preguntaba por la célula. Quiénes la formaban. A qué facción pertenecías tú, Consuelo. Cuántos cayeron los primeros días. Qué había pasado exactamente. Detalladamente. Verdaderamente.

Llegué hasta la pieza de alojados, la misma donde dormía Felipe cuando niño y que tiempo después había ocupado mi papá (mi papá enfermo de tubos, jeringas, telarañas). Me detuve frente a la puerta y pese al temor (un temor que no entendí, porque ya estaba muerto, Iquela, tu papá está muerto, no seas infantil), giré la manilla. La oscuridad escapó por la ranura y un olor avinagrado me golpeó bajo la piel, en el centro mismo de mi otra cara, esa que asomaba sólo al interior de aquella casa. Había sobrevivido hasta la última partícula de ese viejo olor: el aroma de la enfermedad y del encierro, ese dejo dulzón que prometía un dolor que no llegaba.

Desde el comedor me alcanzaron algunas frases que reconocí sin problemas. El tono solemne de mi madre bastaba para que yo adivinara el contenido, tal como anticipaba el crujir del suelo bajo mis pies. Su memoria funcionaba sin atajos innecesarios (disciplinada, obediente, militante esa memoria). No eran recuerdos organizados por décadas o estaciones. No era como mi memoria, empecinada en un color o una textura. La memoria de mi madre operaba como una geografía de sus muertos, y ahí estaba, desplegada ante Paloma para que ella navegara sin problemas.

Volví a la cocina y subí el volumen de la televisión. Transmitían el informe del tiempo: otro día de calor infernal. Las cebollas flotaban lacias en el agua hervida. Las filtré, las mezclé con los tomates y volví a la mesa, irritada y borracha.

Consuelo iba en la parte de la embajada. La parte en que todos, salvo ella, decidieron partir. Cuando Hans, Ingrid y Rodolfo (Víctor, quería decir Víctor) elaboraron un plan para huir de Chile, una idea que ella consideró cobarde (ella quería luchar, quería resistir). Mi madre me miró de reojo en cuanto me senté. Estás borracha, dijo, sus labios también morados y partidos. No me gusta que tomes tanto, Iquela, quédate aquí sentada y escucha con atención: no te vas a dar ni cuenta y vas a estar contándole a tus hijos mis historias. Porque van a ser *mis* historias, subrayó (y conté tres copas de vino, nueve hojas de alcachofa y uno que otro hijo inexistente).

Habían acordado juntarse en la esquina de la embajada de Alemania. A las doce del mediodía saltarían la pared y se irían. Paloma, sin embargo, sabía que eso no había sucedido; que sólo habían cruzado Ingrid y Hans. Por eso levantó la vista (sus ojos sin mirada, sus ojos que no habían visto suficiente, desafiaron a Consuelo). Pero mi madre siguió adelante. Llegó la hora del cambio de guardia. Un paréntesis. Cuatro minutos. Lo tenían estudiado y calculado. Rodolfo (Víctor, Víctor, Víctor) tenía que llegar a tiempo. Eso era todo.

Las voces de la televisión se desvanecieron en jingles y oí a lo lejos la presentación de una serie policial. Paloma tenía los labios violeta y, al igual que yo, sudaba sin parar. Cebollas mustias se acumulaban sobre su plato y el de mi madre, en la terrible sincronía de lo que se come y lo que se deja, una complicidad que me dejó aún más sola: mi plato devorado y los suyos intactos. Lo que ocurrió fue que Rodolfo no llegó. El cambio de guardia terminó a las doce y no hubo tiempo que perder. Ingrid y Hans insistieron. Crucemos los tres, dijeron, es nuestra única oportunidad. Pero Consuelo no pudo irse. No cruzaría la pared sin Rodolfo. Mi madre se quedaría. Consuelo resistiría. Se subió al auto y lo echó a andar. Aceleró y se montó sobre la cuneta. Pasó por encima de los arbustos y siguió hasta que la pared de la embajada quedó a sólo un centímetro del parachoques.

Regresé a la cocina y desde ahí escuché el desenlace (palabras embalsamadas a la orilla de su boca): cuando detuve el auto frente a la muralla, tus padres se subieron al capó, Paloma, luego al techo y desde ahí treparon y saltaron. Fueron los únicos en cruzar. Eso los salvó, dijo mi madre. Todavía estoy viendo la pared frente a mis ojos (incluso yo podía verla).

Comerciales. Pisco Mistral. Mi madre se detuvo en esa pausa que partía el relato en dos partes. Un paréntesis del que nacía una sola frase impaciente: nosotros nos quedamos para resistir. El cambio de guardia terminó antes de tiempo y desde la esquina, montados en un auto sin patente, aparecieron cuatro hombres de civil. Rodolfo, sin embargo, no llegó. Rodolfo había caído en la madrugada, pero eso lo averigüé tiempo después, dijo Consuelo (mi madre, Consuelo, Claudia, la botella de pisco en la pantalla). Yo pasé a la clandestinidad, pero él desapareció por mucho tiempo. Ocho meses en que no se supo nada, o casi nada, en realidad. Se supo que seguía vivo porque sus palabras dejaban huellas (huellas de personas con nombre y apellido).

De vuelta en el comedor, antes siquiera de sentarme, anuncié que me iría. Fue un día largo, dije deseando que no hubiera más preguntas. Paloma también se puso de pie y noté sus ojos irritados. Se veía cansada y ojerosa. Recogí mis cosas y mi madre me preguntó, siguiéndome de cerca, celándome, si acaso no prefería pasar la noche en su casa. Dijo que sería peligroso caminar tan tarde, tenía un presentimiento, yo estaba borracha. Esperaba. Miraba. Sabía. Cada vez que me iba de su casa lanzaba las mismas advertencias: podía tener un accidente, debía caminar alerta, no hay que confiar en nadie (nada, Iquela, nunca). Afuera están todos locos, tiran piedras, ¿sabías, Ique? Se suben a los pasos sobre nivel y te tiran piedras sobre el parabrisas. Así se muere uno, decía con una mezcla de miedo y rabia (con un piedrazo que revienta el vidrio o frases que revientan los oídos). Así se moría uno después de todo, después de tanto. Debía estar atenta a mis espaldas y llamarla en cuanto llegara. Y ni siquiera alcanzaba a subir los peldaños del edificio (cuarenta y cuatro escalones exactos), apenas llegaba a enterrar la llave en la cerradura, cuando oía el teléfono retumbando al otro lado.

Ya estaba lista para partir con mi borrachera a cuestas, cuando Paloma anunció que también ella estaba cansada. Mi madre le dijo que no había problema, una pieza estaba lista para ella (tubos, jeringas, telarañas), pero Paloma rozó mi mano y dijo sin titubear que iría conmigo, que lo habíamos discutido en el auto; se alojaría esa noche en mi casa. Llévame contigo, repitió casi suplicando, y yo sólo alcancé a asentir mientras pensaba que esa frase acababa de agrietar su castellano. Por más que hubiera aprendido los diminutivos y las pausas, por más que incluso su tono fuera más agudo en español que en alemán, la había delatado hablar tan claro y sin rodeos. Los eufemismos, después de todo, se aprendían tiempo después, una vez que se conseguía realmente dominar el idioma.

Varios meses de orden y progreso gracias a mí, que supe
identificar los patrones y restar, porque aunque en matemáticas digan que el orden no altera el producto, eso
es mentira y eso lo sabe cualquiera: muertos no significa
muertos a secas, por algo partieron en cuarenta años,
varios muertos de cuarenta, anoté en mi cuaderno, pero
ahora vienen en cuenta regresiva: encuentran cadáver sin
vida en la Quinta Normal, el hombre tendría aproxima-
damente cuarenta, treinta y nueve, treinta y ocho, treinta
y siete, como la cuenta regresiva de los cohetes, treinta y
seis, treinta y cinco, y así van muriéndose cada vez más
cerquita mío, treinta y cuatro, treinta y tres, y yo pensaba
que pararían en cualquier momento, pero el muerto de
esta semana tenía treinta y uno y entonces la inminencia
es demasiada: ¿qué se hace con los muertos–vivos?, ¿se
suman o se restan?, ¿y qué hago cuando llegue a cero?,
¿recuperaremos el equilibrio?, ¿será posible empezar de
nuevo?, la aritmética es imperfecta, sí señor, no es llegar
y restar, primero hay que saber qué hacemos con los

muertos–vivos, los que no son ni fu ni fa, por algo los diarios insisten en hablar de cadáveres *sin* vida: encuentran cadáver sin vida en el paradero de Vicuña Mackenna con Portugal, el cuerpo tenía todos los dedos, como si la gente se fuera a detener en los dedos, bah, aunque ahora que lo pienso no es menor, sólo importan los fragmentos, necesitamos dientes, uñas, pelos, huellas digitales, pero sólo las huellas de las manos, porque los pies no sirven para nada, aunque quién sabe, yo por si acaso voy a guardar en mi carpeta las huellas de mis pies, sí, pero eso no tiene importancia, no tanta como publicar en los diarios lo de cadáver *sin* vida, que bien pudo ser un error la primera vez pero a estas alturas parece aclaración para descartar a los cadáveres *con* vida, por eso la aritmética falla: uno no sabe si restar o sumar, si poner o sacar, si inhumar o exhumar, ¡ni las matemáticas funcionan en la fértil provincia!, pero eso no lo sabía de cabro chico, cuando descubrí solito que había muertos–vivos y se lo dije altiro a la Iquela, le conté que había visto a su papá pilucho y que estaba recontra muerto: está finado el Rodolfo, le dije, y es que tenía un balazo metido, o en realidad dos, uno en el corazón y el otro atrás, justito en la espalda, te lo juro, le dije, porque la Iquela no me creyó, pensó que era de celoso, de picado, pensó que yo quería que nadie tuviera papás y por eso me obligó a jurárselo: te lo juro por mi papá y por mi mamá y por la electricidad y por Dios y por los átomos y por la santísima Virgen y por María Magdalena y por mi colección de bolitas y bolones y por las láminas repetidas del mundial de fútbol y candadito cerrado sin revancha, pero no me acuerdo de si le juré por todo eso, porque esas cosas no existían, pero sí existen los muertos–vivos y así lo averigüé: Rodolfo estaba en la ducha y yo quería hacer pichí, así que entré nomás, pero salí corriendo de la impresión y me meé en la mismísima puerta, y es que uno no se entera de que la gente está muerta–viva todos los días, no, pero al menos entendí por qué el Rodolfo estaba medio ido, como mi tatita Elsa, que también andaba medio ida o más bien yéndose, sí, siempre partiendo mi abuelita, hasta que se fue, se murió y la resté, sí señor, menos una, escribí en mi cuaderno, o menos media en realidad, porque desde antes se estaba yendo, una partecita de ella había desaparecido, eso decía mi tata Elsa, que un trocito de sí misma se había muerto después de lo de mi papá, mi pobre Pipecito, decía, lo único que me devolvieron fue su nombre en una lista, y es verdad, yo vi el listado y su nombre y mi apellido y también un rut y la suma de sus años, treinta años, un número preparadito para la resta, aunque yo no lo resté porque lo que no existe no se resta, yo sustraigo cuerpos y no apellidos, aunque quién sabe, quizás lo sustrajo otro y no me acuerdo, yo y mi mala memoria, no como mi abuela Elsa con su memoria enciclopédica, debemos recordar, decía ella y se iba a dar una vuelta por el campo, voy a despejarme, mi niño, voy y vuelvo, y cada vez más lejos se iba, tan lejos que era mejor dejarme el fin de semana con la Iquela, porque la Consuelo los cuida mejor a ustedes, no es culpa mía todo esto, decía mi abuela, y el fin de semana se trasformaba en dos y en tres y en cuatro y en el verano entero, y ella se seguía yendo y volvía sólo algunas noches, cuando nos quedábamos los dos solitos en Chinquihue, llegaba a entibiar la leche antes de dormirse, a sacarle la nata que yo detestaba, porque no me gustan las cosas con capas, no, me gustan las cosas enteras a mí, sin preámbulos ni consistencias dudosas, por eso ella colaba la nata con una cuchara y le daba vueltas como fideos y después se la comía, sí, y a mí me daba asco y cerraba los ojos para no verla, no mirar esa textura blanda y moquillenta, pero nunca podía cerrar todos mis ojos, no, los ojos de mi piel están abiertos, por eso la veía comerse la nata y no podía ocultar el asco, y ella me decía que no fuera mañoso, no sea chúcaro, decía bajito y después me preguntaba si acaso se había tomado su pastilla, y yo siempre le contestaba que no, no se la ha tomado taita, porque era la pastilla feliz y mejor estar contento que triste, tómesela nomás tatita, tómese dos o tres o cuatro, y ella se paraba y buscaba el tarrito encima del lavamanos y agarraba una pildorita y decía que lo único malo era que la hacían engordar, pero estaba flaca como palo mi tatita Elsa, y por esa vez que dijo lo de engordar a mí se me ocurrió la idea de las gallinas, y es que algo le pasaba a los pollos en Chinquihue, estaban medio anoréxicos los pobres, dando tumbos en el campo sin ganas de comerse el maíz ni las migas de pan, y mi tatita no sabía qué hacer, porque entre el perrito desnutrido, las gallinas depresivas y yo, que no era un pan de Dios ni mucho menos, estaba hasta la coronilla la pobre, si es verdad que no era culpa de ella vivir sola conmigo, eso fue culpa del pan con palta, que lo apretaron un poco y la soltó toda, pero la Iquela no sabe que yo sé y yo muero tumba; la cosa es que yo asumí que si las pastillas la hacían engordar seguro–seguro harían engordar a las gallinas y entonces un día amanecí decidido y le robé varias pildoritas, no sé cuántas, un buen puñado, y las molí entre dos cucharas hasta que se hicieron polvo, y como polvo somos y polvo seremos salí al campo y las llamé: cocorocó, las llamé, cocorocó, hasta que llegaron todas, y les esparcí el polvito engordador entre las corontas de choclo, sí, y parece que les gustó porque se acercaron curiosas y se lo comieron felices, y yo muy satisfecho dándomelas de inteligente, porque ahora las gallinas iban a estar gorditas y felices, pero no fue así, porque al poco rato andaban tambaleándose como curadas las pobres gallinas y los pollitos para qué decir, muertos de sed, métale tomando agua con sus piquitos amarillos y yo asomado por la ventana, esperando que se pusieran felices y gorditas, pero después me aburrí de espiarlas y me fui a mi pieza, y ahí estaba, jugando con unas muñecas que me había regalado la Iquela, unas Barbies todas embarradas pero bonitas, la Barbie doctora y la Barbie guerrillera cubierta de tierra, cuando escucho un tremendo grito de mi abuela: ¡Felipe!, y yo partí rajado porque ella con suerte hablaba y era bien raro que gritara, así que corrí hasta la ventana y vi que me esperaba ahí, agarrándose las mechas a dos manos, mirando a las gallinas tiesas en el suelo, muertas, pero muertas–muertas, eso pensé yo y me quedé callado, y ella me preguntó si acaso me habían comido la lengua los ratones y no era eso, no, porque yo soy amigo de los ratones y jamás me comerían la lengua, lo que pasó es que las pastillas las iban a poner gorditas y felices, pero las encontramos desmayadas en el suelo y creí que lo mismo le iba a pasar a mi abuelita y me iba a quedar más solo que el Llanero, porque se iba a caer tiesa cualquier día y eso a mí me dio susto, me dio miedo que estirara la pata y hubiera que buscarla como a los muertos de la tele, listado en mano y cara de pena, y en eso estábamos, calladitos los dos, cuando ella salió, se puso en cuclillas junto al gallo Marmaduque y dijo bajito: está tieso, eso dijo, lo mataste, y un cuchillo se clavó en mi pecho, un filo negro y duro y frío como las ideas de la noche, y me senté en el piso y nos quedamos velando a las gallinas tiesas en el suelo, flacuchentas como nunca, pobrecitas, y así estuvimos un buen rato, sin aullar, cuando pasó algo extraordinario: primero pensé que estaba alucinando, pero se movían de verdad, tenían espasmos y después de cuatro o cinco espasmos comenzaron a pararse, no sé si más gorditas o más felices, pero vivas sí, o vivas–muertas en realidad, una por una se fueron levantando como si despertaran de la siesta, y yo me puse contento pero mi tatita seguía enojada y me subió a la camioneta blanca de un ala y me dijo que conmigo no se podía, cabro chúcaro, dijo, y manejó harto rato, y no se detuvo a comprarme nalcas en Osorno ni mermelada de murta en Frutillar ni me dejó hacer pichí en los Saltos del Laja, me llevó sin detenerse hasta donde la Iquela y ahí le dijo a la Consuelo que necesitaba descansar, que mínimo le debía eso, y la Consuelo se quedó callada y le dijo bueno ya, que se fuera tranquila, ella se lo había prometido al Rodolfo, al pan con palta se lo había jurado, que me iba a cuidar si le pasaba algo a mi abuelita, y entonces me quedé en Santiago no sé cuánto tiempo, hasta que mi tatita me fue a buscar y por suerte ya no estaba enojada, pero sí raquítica y ojerosa, con cara de pena, cara de sola, y me dijo que andaban cluecas las gallinas, pero ni gorditas ni felices, y ella menos, si cada vez estaba más escuálida, vas a desaparecer cualquiera de estos días, le advertían allá en Chinquihue los vecinos, y eso fue lo que pasó, un día sin que nadie se diera cuenta, sin recuadros ni noticias en los diarios, desapareció de una sola vez, el todo y las partes, sin capas ni advertencias, así se murió mi tatita Elsa, directo al grano, como mi leche: sin nata.

( )

———

Algo raro pasaba esa noche y no era la borrachera, ni
Paloma, ni el maldito calor arremetiendo en cada cuadra
que me separaba de la casa de mi madre. Era la agitación que antecede a un desastre. La tensión previa a un
estallido. Aunque ni siquiera de eso estuve segura. Yo no
esperaba, no miraba, no sabía. Sólo intentaba huir del
desesperante calor y de las palabras que aún resonaban
en mi cabeza. No podía dejar de oír la frase que mi madre
pronunció en mi oído cuando ya me iba. Que descanses,
le dijo a Paloma palmoteándole la espalda, devolviéndole
su tentativa de saludo distante. Después tomó mi nuca
con su mano, acercó mi cabeza hasta la suya y abrazán-
dome (rozándome con su piel áspera y partida, su piel
cada vez más cerca de sus huesos), me dijo con una voz
cristalina: quiero que sepas que esto lo hago por ti, Iquela.

El aire me quemaba, impidiéndome avanzar más
rápido y llegar de una buena vez al departamento. Paloma
arrastraba lánguida su maleta, como si pesara toneladas
o ya se arrepintiera de no haber pasado la noche en la

casa de mi madre. Me giré varias veces para comprobar que venía conmigo, sólo un metro más atrás, la distancia necesaria para que me animara a preguntar por su madre. Quise saber si Ingrid también se había muerto de jeringas y telarañas, averiguar el olor de los químicos sobre su piel, qué había dicho mientras moría, en qué idioma (si acaso existía un idioma para ese momento). Dejé de oír el ronroneo de las ruedas. Paloma se había detenido. Al otro lado de la calle, un hombre salió de su casa y desplegó una larguísima funda sobre el suelo, un enorme plástico que luego levantó y acomodó sobre su auto. Hay que estar preparados, murmuró cubriendo el techo. Esperaba, miraba, sabía. Paloma quedó rezagada unos metros y sólo desde esa distancia me habló. Como si la propia historia fuese anterior a mí y necesitara ubicarse a mis espaldas.

Me contó que Ingrid y ella habían dejado de hablar alemán cuando Hans se fue de la casa. Así, poco a poco, escuchando las conversaciones de su madre, esos llamados telefónicos a horarios inusuales, Paloma fue reconociendo las eses sustraídas del castellano, las palabras que achican lo que nombran (Palomita, mamita, penita, cuestioncita), y también fue aprendiendo las otras palabras, esas que la hacían tropezar y equivocarse, las que significaban algo distinto para su madre, para la mía (para todos nuestros padres): porque una chapa no era la cerradura de una puerta, una cúpula no era el techo de una iglesia, un movimiento no era una acción, ni una facción un rasgo de la cara (y también era otra cosa caer y quebrarse y hablar, aunque eso Paloma no lo sabía).

Contó entre risas otras historias. Me habló de viajes a Estambul, Oslo, Praga. Paloma sacaba fotos para una revista de turismo culinario; ni siquiera turismo a secas. Fotografiaba la comida pero jamás la probaba. Manoseaba los platos, movía la carne hasta conseguir un ángulo elegante, la untaba con aceite para que brillara (comidas lustrosas, comidas–maniquí, alimentos incomibles). Sólo cuando habló de Berlín sonó un poco más lúgubre. Paloma aceleró el paso y se ubicó delante de mí.

Seis meses entre el diagnóstico y la muerte. Viajaba por Italia cuando recibió un email de su mamá. El asunto del correo: «me encontraron», y el contenido: «un elemento extraño en la pechuga derecha. te quiero, m». Ella se tomó un vuelo a Berlín y en el avión no pudo pensar más que en ese correo. Me lo recitó de memoria. Estaba escrito en minúsculas y la eme correspondía a mamá (eso dijo cuando yo pregunté, ¿por qué eme?, creyendo que era su chapa, y ese desliz me hizo huir aún más rápido de la casa de mi madre).

A Paloma le pareció raro que el asunto dijera «me encontraron» y dijo que pensó dos cosas mientras lo abría: que alguien la había encontrado desde Chile, su familia, sus amigos, los pacos, sus compañeros (una facción, una cúpula, una célula), lo que fuera pero desde Chile, porque siempre creyó que de alguien se escondía. Sólo después, al leer el resto, pensó en un racimo de uvas (y tardó en encontrar la palabra racimo, así que la interrumpí, racimo, dije, imaginando una granada creciendo al borde de su pecho). Desde el racimo de uvas hasta su muerte:

seis meses. Un intento fallido de extirparlo (cosecharlo, pensé) y tres semanas de quimioterapia (acosarlo, fumigarlo, envenenarlo). Se había muerto sólo cinco días antes, aunque el relato me sonó anterior, como una historia que comienza «en ese entonces».

Nadie la acompañó mientras Ingrid se moría. Paloma se sentó a su lado sobre la cama y vio cómo su madre dejaba de respirar, de latir; casi una pausa, dijo (no un estupor silencioso, no un grito ahogado; una pausa). Una muerte simple. Sólo después vino la seguidilla de llamadas: varios números fuera de servicio (Paloma marcaba números de otro tiempo, después de todo) y al final de la libreta telefónica, escrito con tinta azul, encontró el nombre de mi madre, su teléfono y halló también la certeza de que el entierro debía ser en Chile. ¿En qué cementerio?, pregunté por decir algo. Paloma no lo sabía. Había organizado los preparativos para traer el cuerpo pero aún no definía dónde enterrarla, como si otra pausa se abriera entre la muerte y el entierro (o como si intuyera nuestro viaje, nuestra insólita partida).

Ya preparada para salir al aeropuerto rumbo a Chile, con el ataúd a pocas horas de embarcarse y los detalles coordinados con mi madre, Paloma dijo que la había arrasado una urgencia, una necesidad inesperada de desarmarlo todo, empacar y traer consigo toda la pieza de su madre: su ropa, cada uno de sus libros, sus pantuflas, sus sábanas, sus cojines, traer el chaleco que se ponía en las noches (mantenía su forma, se negaba a perderla), viajar con sus papeles, sus toallas, enterrarla con su computador, sus maquillajes, sus cremas, hundirla con sus pinzas, sus álbumes, sus algodones, sus cuadros, sus espejos y el reflejo de cada uno. Paloma sintió que debía recolectar absolutamente todo, pero lo único que trajo consigo fue una blusa desteñida y con hombreras. Guardó lo demás en bolsas negras, marañas de ropa para tirar, para donar, y después regó las plantas un buen rato (su mamá muerta y Paloma regando macetas, jardines, anegando parques completos).

Abrí la mampara del edificio y le indiqué a Paloma las escaleras (cuarenta y cuatro escalones precisos, confiables). Sólo una vez arriba, mientras buscaba las llaves en mis bolsillos, en mi cartera, entre mis manos, vi la luz escapando bajo la ranura de la puerta. Yo había apagado el interruptor antes de salir. Estaba segura. La puerta parecía entreabierta. Temerosa, reviviendo la sensación al volver del colegio y ver la camioneta blanca estacionada en la esquina, apoyé la punta de mis dedos sobre la madera. Tal como hacía con la pieza de alojados aquellas veces, la empujé deseando encontrar a Felipe sentado en el suelo, retándome por demorarme tanto, indicándome que trabara la puerta y jugáramos a los disfraces de una vez. Yo entraba a la pieza sin saludar ni preguntarle cuántos días se quedaría, entregada a lo que me ofreciera su visita, a sus tiempos mezquinos, y me sentaba frente a él para que anunciáramos al unísono el disfraz que usaría el otro. Yo le decía: tu papá, y él: tú eres Felipe, y se quitaba de un tirón toda la ropa, la polera, la camiseta, las zapatillas, los pantalones, los calzoncillos, y yo me desnudaba también y me vestía con su polera tibia, sus calcetines azumagados, sus cejas hasta separarlas ridículamente de sus ojos, una mueca de niño, una payasada. ¿Y ésta?, dijo exhibiendo sus dientes blanquísimos: ¿polola nueva, picarona?

Paloma fingió que no lo había oído o quizás no lo escuchó. El alcohol también tejía huellas en su cuerpo: la boca seca, el sueño enrojeciéndole los ojos, mi propio deseo de que la noche terminara de una vez. Pero Paloma se acercó a la radio y, sin la menor intención de irse a dormir, sintonizó una estación de pop ochentero y se acomodó frente a Felipe, espiando el caos a su alrededor (papeles con huellas en los muros, vasos regados sobre los muebles, el error de traducción en mi pantalla). Bonito el departamento, dijo, con Cindy Lauper de telón de fondo. ¿Te mudaste hace poco?, preguntó inspeccionando una caja que decía *diccionarios* a un costado (diccionarios jurídicos, geográficos, médicos). Había pasado bastante tiempo, sí, pero decir *mudado* no calzaba del todo. El departamento lo había conseguido Felipe con la plata de las reparaciones (compensaciones, expiaciones, decía él entre risas), y yo me fui quedando poco a poco, moviendo mis cosas desde la casa de mi madre. Yéndome sin irme. A medias tintas.

La historia de la falsa mudanza no pareció interesar a Paloma. Sí los diccionarios, que agarró, ojeó y devolvió enseguida a su caja. Quiso saber si yo traducía. Algo así, le expliqué; uno que otro encargo para ganar un poco de plata. Traducía propagandas de otros países y a veces, con suerte, algún diálogo segundón de una película mala, de trasnoche de domingo. Paloma asintió sin interés, concentrada en encender su cigarrillo, y luego se acercó a mí para descolgar la cámara que yo había olvidado alrededor de mi cuello. Le sacó un par de fotos al departamento, pero la abandonó rápido sobre la mesa y preguntó si acaso teníamos algo para tomar. Estaba agotada, dijo, la diferencia horaria la tenía aturdida pero necesitaba relajarse antes de dormir. ¿Siempre es tan intensa la Consuelo?, preguntó, y por su boca exhaló una vaharada de humo blanco. Paloma necesitaba relajarse, como si ella hubiese escuchado la oración que aún repicaba en mi cabeza: quiero que sepas que esto lo hago por ti.

Felipe dijo que teníamos pisco y que no se le ocurría nada mejor para rematar una noche en la casa del túnel del tiempo: una deliciosísima piscolita. Paloma se quitó los zapatos y se abrazó a sus piernas recogiéndolas sobre el sillón. Me senté a su lado, muy cerca, lo más cerca posible. Felipe sirvió tres vasos de piscola y se acuclilló frente a nosotras (cejas juntas, ojos abiertos de par en par). ¿Te crecieron las pechugas?, me preguntó, mirándolas fijo. Están como más grandes, ¿o no?, más puntiagudas, eso es, tipo conitos, cucuruchos, dijo pellizcando una de sus tetillas. Paloma me miró el pecho y yo espié el suyo, su sostén traslucido bajo la polera blanca, sus pechugas más grandes o más redondas, menos conitos. A mí me encantaría tener unas tetas así, paraditas, son más lindas que las de la gringa, dijo Felipe, y Paloma soltó una carcajada mientras asentía, repitiendo tetas conito, conito, memorizando esa palabra sin distraerse de mi escote. Le dije a Felipe que se dejara de chistes e intenté cambiar de tema pero no fue necesario. Felipe habló sin parar sobre las matemáticas, los números reales y los imaginarios, la importancia de la aritmética, un monólogo que me permitió distraerme y escapar de su obsesiva charla sobre los muertos: el finado que había encontrado esa misma tarde, tétrico, el cadáver que según él cambiaría todo. Treinta y uno, casi como yo, ¿me estás escuchando, Iquela?, ¿no entiendes? Paloma lo miró distraída o indiferente. A ratos volvía a su cámara, hacía algún comentario sobre Santiago o contestaba las preguntas de Felipe, revelando otro castellano que tal vez había aprendido en sus viajes y que ella no diferenciaba del chileno tan bien copiado de su madre. A ver, gringa, ¿cómo se llama alguien que tiene el pelo rojo?, decía Felipe. Y Paloma caía torpe: pelirrojo. Colorín, la corregía él. ¿De dónde sacaste a esta gringa de manual? Y Paloma riéndose, repitiendo canica, guisante, embrollo, y Felipe corrigiendo: bolita, gringa, se dice bolita, arveja y un embrollo es una mansa cagadita. Comenzamos a reírnos de cualquier cosa, brindando y tomando mientras Felipe hacía bromas como que la gringa era idéntica a Bob Esponja, rubia y como una esponjita: seca pa' chupar, y yo traducía entre carcajadas del chileno al castellano y del castellano de otra época al de ésta, concentrándome en las grietas del idioma que Paloma estaba tan convencida de hablar a la perfección. Ella tomaba el pisco a sorbos gruesos, con ansiedad. Sólo sus ojos delataban el cansancio y la borrachera. Estuvimos así muchísimo tiempo, hablando de cualquier cosa, hasta que Felipe le preguntó de qué se había muerto su mamá.

¿De cáncer?, dijo, es la última moda, y quedó a la espera de una reacción que no llegó.

Paloma se reclinó sobre el respaldo e hizo un gesto con la boca fruncida y doblada hacia un costado, un gesto que reconocí: se mordía por dentro las mejillas, esa piel resbalosa, que no se ve. Mascaba el interior hasta darle relieve, hasta arrancarse la piel y quitarle esa suavidad desesperante, dibujando caminos nuevos para el metal tibio de su aro, la punta plateada recorriendo esa superficie recién nacida. Un tic idéntico al que yo hacía algunas veces, cuando construía las listas de objetos que me permitían ausentarme de un lugar. Felipe me lo había enseñado cuando niño y no quería pensar en las cosas tristes: enumerar, asociar las cosas a una cifra redonda, perfecta. Los objetos se transforman en dígitos, números habitando los cajones del cerebro, decía él, así los pensamientos tristes no tienen dónde vivir y no hay más que números. Se quedan sin casa las ideas malas, decía Felipe con cara de lista (de ausencia, de pena, cara de nada).

Pensé en disculparme por Felipe, pero en realidad tenía razón. Mi madre me llamaba regularmente para contarme de algún compañero al que habían diagnosticado. Eso decía: lo diagnosticaron, como si fuera la única enfermedad diagnosticable: células óseas arremetiendo contra el pán- creas, invadiendo los pulmones, los ganglios, endureciendo el útero, la próstata, la garganta. Células equivocadas, células confundidas después de todo, después de tanto.

Habemus cáncer, dijo Felipe, ya nos tocará a nosotros. Se paró del suelo y empezó a caminar alrededor del departamento mientras inspeccionaba a Paloma en busca de alguna pista fundamental. ¿Se murió en Berlín y me vai a decir que la van a enterrar aquí, en Santiago?, sus pasos rompiendo el ritmo de *time after time,* esa música trillada, sus resoplidos, los dedos enumerando, la cara descompuesta. Paloma asintió. La enterraría en Santiago, claro, pero para eso tenía que viajar. Viajar, dijo, aunque noté que no era eso lo que quería decir, necesitaba el término exacto pero se le escabullía de la boca y yo lo tenía a mi disposición para interrumpirla.

Repatriarla, corregí cuando noté que sería imposible seguir la conversación hasta que ella encontrara esa palabra que repitió aliviada, agradecida. Repatriarla, eso es, y yo me distraje pensando si acaso los vivos *retornaban* y eran los muertos los únicos capaces de repatriarse. Felipe no lo podía creer. Lo último que me faltaba, dijo cubriéndose la cara con las manos y soltando un suspiro que olvidé en cuanto pasamos a la segunda o tercera ronda de piscolas.

Felipe seguía moviéndose, murmurando y anotando frases en una libreta, hasta que finalmente anunció que se iría. Lo hacía cuando le daba la gana, irse a alguna parte sin avisar. Y yo debía saber dónde se había metido, por qué, cuánto tiempo tardaría. Pero algo en Paloma lo retenía, o a lo mejor no era ella sino sus ojos, porque lo único que ella hacía era fumar y mirarnos, sujetar entre sus dedos el cigarro y preguntar: ¿quieres, Iquela?, se aspira fuerte, para adentro (tal vez recordando, tal vez no). Sólo después de un rato, Felipe preguntó lo que en realidad quería saber. Oye gringa, dijo sin dejar de moverse, tomando la manilla de la puerta de salida, medio cuerpo afuera del departamento: ¿Y por qué no la quemaron?

Yo lo miré sobresaltada, convencida de que ahora sí Paloma reaccionaría rabiosa, y lo corregí rápido, como para proteger a Paloma de esa palabra: quemada.

Se dice cremaron, Felipe.

Pero Paloma no se inmutó. Felipe abrió la puerta para irse quién sabe dónde y sólo desde ahí, desde el umbral, se giró hacia mí y encogiéndose de hombros, sonriendo, enmarcando esas palabras entre dos cortísimas carcajadas, me guiñó un ojo y dijo: bah, tomeitou... tomato.

Cincuenta pasos cortos son una cuadra, pero las cuadras no se repiten, no, sólo mis pasos: dos, cuatro, seis huellas que se repiten y el calor y las nubes y mis largas vueltas de borracho, mis caminatas erráticas desde Irarrázaval hasta el Pío Nono, caminar y comprobar que en el cielo no hay estrellas, sólo nubes blancas y un calor que va flotando, y yo me dejo llevar por el calor y por el pisco y me acerco rápido hasta el puente, o es el puente el que viene a mí con cada uno de sus muertos, aunque hoy había uno solo, un muerto de treinta y uno y eso significa que me toca, la aritmética debe cuajar porque vienen los descuentos, todavía más si uno lee el diario, la sección de espectáculos que hoy titulaba: desentierros, tal cual, el diario anunciaba el desentierro de Neruda, y yo ni me enteraba de no ser por el quiosquero de la esquina del edificio, que me saludó y me dijo: miren quién resucitó de entre los muertos, y yo me di vuelta buscando quién sería ahora el muerto–vivo, pero era una broma de Don José porque no lo visitaba hacía mucho, y es que yo andaba limpiando, saneando, restando, pero Don José reservó la primicia para mí: qué afán por desenterrar gente, ¿no?, y yo me quedé helado y lo miré con todos mis ojos, ¡desenterrar nunca, rendirse jamás!, le dije a Don José, pero él insistió y me dijo que iban a ordenar laaa, laaa y yo exclamé ¡exhumación!, y él me dijo eeeso Felipito, la exhumación de don Neftalí Reyes, chúpate esa, y yo no me chupé ninguna pero le compré el diario y lo vi: ¡andan desenterrando muertos, por la cresta!, ¿no será mucho?, muertos–vivos, muertos sin cuerpo y ahora esto, ¿cómo puede uno igualar el número de muertos con el número de tumbas?, ¿cómo hacer coincidir los esqueletos y los listados?, ¿cómo puede ser que unos nazcan y nunca mueran?, ¡anarquía mortuoria en la fértil provincia!, lo que se necesita aquí es un genio matemático, una mente numérica que entienda la aritmética del fin, porque no puede ser que uno se muera y le hagan un funeral real, uno simbólico, un cambio de tumba y ahora qué, ¿un anti–entierro?, ¡así no se puede!, hay que tomar un poco de aire, eso es, inspirar profundo, pensar en frío y así expulsar a las ideas negras como el petróleo, como la mugre y el agua del Mapocho, porque es de noche en el río y también en el puente Pío Nono, las dos con veintidós en el reloj de la Escuela de Derecho, ¡cambien la pila!, pajeros de mierda, el reloj siempre detenido, aunque quién sabe, a lo mejor yo soy el detenido y el problema no es el minutero, y es que está todo tan oscuro y a mí la oscuridad me obliga a sentir con mi piel, esta piel que ahora se eriza porque viene alguien, unas pupilas, puro negro, porque es de noche en mi paladar y en mis párpados y es también de noche en el fondo del río, y entonces escucho con atención y no tengo dudas, una voz raja una garganta y me dice: ¿tenís un pucho, pendejo?, y yo me asusto, retrocedo porque es sólo una voz, porque no se ven los cuerpos en el fondo de esta noche, y aunque tengo miedo le digo que sí, pero no lo dice mi voz, lo dice mi cabeza moviéndose de arriba abajo y entonces saco el pucho de mi bolsillo y miro al oriente y compruebo que no se ve la cordillera, no se ven los cuerpos, no, sólo unos nubarrones bajos y blancos, unas nubes de cemento, de mármol, de huesos, pero me sacudo las tonteras sobre las nubes y le entrego el pucho, y él me pregunta si acaso es mi último cigarro y yo le digo que sí pero no importa, fúmatelo, digo y estiro mi mano y siento sus dedos, y entonces sé que la voz tiene un cuerpo, o sea, tiene manos, manos huesudas y largas y frías, y acerco el encendedor hasta su boca y lo prendo y nace una expresión nueva: su cara brillante, ojos delineados y azabaches, ojos de puma encendidos, un hociquito de lobo y ¡zas!, la noche se cierra sobre su cara y el tipo me agradece, y su voz de nuevo flota solitaria pero al menos fuma, y después me pasa el cigarrillo y yo lo pongo entre mis labios y siento el filtro húmedo y aplastado, pero no me importa y fumo también, y él se pone a hablar o es su boca la que habla y dice que los domingos son malazos, eso dice, son malazos pero yo salgo igual, y yo me pregunto si acaso sale porque tiene pena, porque el tipo tiene una voz triste y quebradiza que me habla, me hace una pregunta que no escucho, no, suaves pendejo, dice en mi oído, y su aliento está tibio y cerca y yo aspiro, aspiro fuerte y lento, aspiro profundo y me duele, y tiro el humo por mi boca y pienso humo, niebla, ceguera, y pienso que están raras las nubes, demasiado bajas, sí, pero me distraigo cuando el tipo habla y su voz me dice: te quiero dar un beso, eso dice, y no contesto y él se ríe y el fuego a un costado del río aparece y desaparece y su voz se aleja y se acerca y el puente deja de vibrar y se queda ahí, paralizado, y a mí me dan ganas de meter ruido, de explotar, de pisar hojas, de aplastar cáscaras con las yemas de mis dedos, y sólo porque no me queda alternativa le hablo, porque me asfixia el silencio me animo a preguntarle por los muertos, si los conoce, si los ha visto, y el tipo parece que me mira antes de contestar, me evalúa antes de decir: no sé si mis muertos son los mismos que los tuyos, pendejo, y después me cambia de tema el huevón, me dice que tengo el pecho terso y los labios suavecitos y a mí no me importa, no, porque yo quiero hablar de los muertos y no de cosas suaves y superficiales así que le pregunto si los ha visto y él me dice que una sola vez, una vez vi a un hombre que se sentó aquí, en la baranda, dice, y se tiró nomás y ¡zas!, se cayó de aquí mismito, y yo le pregunto qué hizo él y él dice que no hizo nada, y yo insisto sobre cómo se siente, si acaso no se siente mal, y el tipo dice ¿por qué?, y adivino por su tono que se encoge de hombros, porque la voz dirige al cuerpo, eso lo sabe cualquiera, el cuerpo obedece disciplinado, y entonces entiendo que él tiene razón, por qué se va a sentir culpable si no es culpa suya, y los dedos

vuelven sobre mis labios y el filtro está mojado y mordido y
yo aspiro otra vez, aspiro fuerte y el tipo inhala también
y tosemos juntos y el puente vibra y creo que vibra porque
hay una gaviota en la baranda y la gaviota contempla el
lecho y el lecho no hace ruido, está callado el Mapocho
y sin su voz también desaparece, y el tipo me dice que es
raro ver una gaviota en la noche, y yo le digo que más raro
es ver una gaviota y punto, y él pregunta ¿cómo así,
pendejo?, y yo le digo que en Santiago no hay mar, no
hay costa, y él dice que no es raro, cualquiera se confunde,
eso dice, cualquiera se confunde, pendejito, y después se
acerca, sí, siento su aliento en mi boca, ¿tú no te confundís
acaso?, y yo no contesto y la gaviota está inmóvil y su
aliento es agrio y persistente, y la pregunta es otra, ¿querís
que te lo chupe, pendejito?, y yo no sé, pero le digo que
no, porque cuando no sé algo digo no, así siempre sé, y él
se ríe y pregunta si acaso me da miedo, si te gusta no
significa que seai fleto, pendejo rico, aunque yo soy una
loca, una maraca, una yegua cualquiera, y se ríe más fuerte
y se acerca y me sorprende el peso de su mano en mi
entrepierna y la mano es delgada y huesuda y entra por
mi calzoncillo y siento que me saca el pico del pantalón,
sí, lo saca y lo sacude y en un segundo se me pone duro,
y me agarro de la baranda para así pensar en cosas frías
como el hielo, el río, el metal, y la mano se mueve y el
pantalón se va cayendo, se va resbalando por mis rodillas,
y mi boca está seca, mis ojos secos, el río seco y el fuego
en su mano se apaga y caen los restos al Mapocho y veo
que se desvanecen ahí abajo y ahí también le miro los pies

y los veo descalzos y sangrando, pero no sé, porque la mano se mueve rápido y me toca y yo no sé si hay vidrios enterrados en sus pies y no sé si son pies o si son patas, si son uñas o pezuñas, la yegua con las patas sangrientas, sí, y la mano sigue, ah, y yo no sé, no sé qué hay en el fondo del río, no sé porque la mano se mueve húmeda y rápida y me confundo, y creo ver una sombra allá arriba entre las nubes: una bandada de pájaros que se abre y se cierra como un puño pegándole al cielo, sí, golpeando y golpeando, sí, no pares, ah, y la mano se mueve rápida y no para, ah, y la mano sigue y es rico, sí, y yo me voy, me voy cortado y el cielo se corta y se cae a pedazos que se me vienen encima, me rozan los hombros, el pecho, las manos y entonces las levanto y las miro y es nieve, pero no, porque la nieve es blanca, la nieve es fría y se deshace y esto no se deshace, no, esto que cae es otra cosa, esto que cae son cenizas, son cenizas, son cenizas conchetumadre, de nuevo están cayendo las cenizas.

(Pero nada arde. Nada se derrumba. Nada se calcina.)

( )

———

Las imágenes de la noche anterior se entremezclaron
confusas en cuanto conseguí pararme de la cama: Felipe
cerrando la puerta de salida, Paloma diciéndome que
estaba borracha, que quería dormir, su pecho reclinado
sobre la ventana de mi pieza y su voz sorprendida: parece
que afuera nevara, Iquela, párate, ven a ver. Imposible,
murmuré ya enredada entre las sábanas, derrumbada por
el cansancio y el alcohol, cayendo en un sueño del que
me costó desperezarme.

Me vestí muy despacio y salí al living medio dormida
pero presintiendo que la ciudad afuera había cambiado.
Antes de las cenizas se imponía el calor, el sudor, la humedad pegándolo todo: la piel a las sábanas, a la ropa, a
las sillas, un calor capaz de infiltrar vertederos y hospitales,
olor a todo junto, a un nosotros fundido. Pero el aire del
departamento ya anunciaba la sequedad y su desierto de
cosas desconectadas.

Felipe descansaba tendido sobre el sillón. Su piel más
blanca, ojeras dobles y la sombra de un nuevo bigote, lo

hacían ver descuidado y bastante mayor. Escuchaba música con los ojos cerrados, agitando su cabeza de un lado a otro según el traqueteo de la batería que escapaba de sus audífonos. La piel de su cara me pareció más delgada, muy parecida a la de mi madre: los tejidos, los músculos, la sangre retirándose hacia los huesos, volviéndolos curiosamente parecidos.

No quise interrumpirlo y entré al baño por un poco de agua. Abrí la llave del lavamanos, el frío de los azulejos en la planta de mis pies, la resaca trepando a mi cabeza, una sustancia amarga en mi paladar y yo empecinada en que Felipe me escuchara desde el otro lado. Desafiando la puerta cerrada y los tambores vibrando en sus oídos, le pregunté por Paloma, dónde estaba, tenía la impresión de que acababa de decirme que me levantara pero ya se había ido, cuándo, qué había pasado con el calor. Me distrajo un hilo finísimo que inundó la cuenca de mis manos. Las líneas de mis palmas se borraron. Agua turbia. Agua gris. Cerré los ojos. Felipe me sonó más ronco, esforzándose por levantar la voz y que su respuesta me alcanzara en el baño. Estrellé el agua contra mi cara, heladísima.

Hubo un problema, dijo. Sonó el teléfono de madrugada y adivina buena adivinadora, ¿quién era?, ¿me estai escuchando Iquela o qué?, ¿quién llamaba bien relajadita? Mi madre había interrogado a Felipe como cuando era niño, sin esperar respuesta. Y adivina la mansa novedad, Ique. No llegó la Ingrid: estaba muerta y andaba de parranda.

Salí del baño y me detuve frente al sillón. Felipe jugaba con el cable de sus audífonos, una culebra negra enrollándose desde la base de su dedo índice hasta el borde de su uña. Consuelo había llamado muy temprano (Consuelo, dijo, no tu mamá: Consuelo tomó el teléfono y marcó mi número desde otra época, desde antes). Alteradísima, vuelta loca me pareció, por eso desperté a la Paloma sin esperar una hora más decente, para avisarle que la muerta no venía y le tocaba pasar la caña en el consulado (la culebra sofocando a su presa atrapada). No se puede entrar a Chile, dijo. Aislados. Incomunicados. Encarcelados. Mansa cagadita y tú durmiendo a pata suelta, medio muerta, por más que te remecí no hubo caso. Pero qué importa, en realidad esto es culpa de la gringa y no tuya, dijo estirando el cable y liberando por fin a ese dedo asfixiado. Quién la manda a traer a la muerta con cajón y todo, y en otro avión, más encima.

Un dolor agudo recorrió mi cabeza en latidos eléctricos, que encajaron enseguida con el timbre del teléfono. Llamaba mi madre o Consuelo, quién sabe. Tenía que contestar, recorrer las ocho cuadras y media, comprar los diarios, llevar comida. Debía llegar a su casa sin desvíos, atravesar el barrial de la entrada y oírla sin oírla, mirarla sin mirarla (porque era insostenible esa mirada y enumeraría los clavos en las paredes). Debía escucharla: que fuera precavida, que cerrara bien la puerta y me cuidara del frío, tanto frío, estás pálida, Iquela. Debía asentir, desandar el camino y volver a empezar. Al final, *eso*, lo que sea que *eso* significara, lo hacía por mí.

El teléfono, sin embargo, siguió sonando. No fui capaz de atender (y conté tres vasos sucios en el living y ningún rayo de sol por la ventana). Entré a la cocina, giré la llave del lavaplatos y tomé dos aspirinas del cajón de los cubiertos. Abrí la llave fría hasta el tope, la caliente, ambas al límite, pero no conseguí que el agua aclarara ni que saliera un chorro más grueso. Parecía trabada, atrofiada por tierra y mugre que atragantaba las alcantarillas. El vaso se llenó lo justo, suficiente para un único sorbo: sarro y polvo. Lo puse de nuevo bajo el grifo y esperé. Dos sorbos más y me rendí: intomable. Busqué en el refrigerador restos de jugo, leche, lo que fuera, pero no quedaba una sola gota de nada. Me puse los zapatos, un polerón y salí del departamento.

Apenas pisé las escaleras noté mi sombra desdibujada sobre las baldosas. Bajé los cuatro pisos intentando convencerme de que a lo mejor era un día nublado, tal vez ya era tarde, no mucho más, pero una vez que llegué a la salida, ambos pies anclados en la vereda y el peso instalándose sobre mis hombros, me fue imposible pensar en otra cosa.

Afuera caían cenizas. Otra vez Santiago manchado de gris.

Con mis pies enterrados en el polvo me quedé inmóvil, conociendo y reconociendo las cenizas que teñían la vereda y el quiosco de Chile–España, que cubrían la mesa del vendedor de aceitunas de la esquina, concentrado en calcular el vuelto de su última venta. En copos minúsculos se posaban sobre los techos de los autos, enredándose en los espejos retrovisores, en los parabrisas, envolviendo el pelo de los peatones, sus pasos tranquilos, sus cabezas convenientemente gachas.

Decidí caminar un par de cuadras creyendo que eso necesitaría: pasear un rato, distraerme. Las cenizas creaban una gruesa alfombra que absorbía cada sonido y ese silencio hacía estallar mi dolor de cabeza. Me moví convencida de que bastarían unos minutos para acostumbrarme, tres o cuatro cuadras para distinguir algún contraste, y casi sin darme cuenta estuve más cómoda. A Santiago le sentaba bien el blanco y negro. La ciudad se reconocía a sí misma: caras impasibles, perros despatarrados sobre el polvo. Mi madre tendría días felices, días en que ella y yo veríamos lo mismo al otro lado de la ventana. Y Felipe, una vez que decidiera salir de la casa, comentaría lo que todas las veces anteriores: se van a confundir los gallos con esta luz, van a parecer disco rayado cacareando a toda hora.

Una micro que se dirigía hacia el poniente se detuvo en Irarrázaval, frente a mí, y yo me subí sin pensarlo, apurada por el gesto del chofer que me indicó que no hiciera más taco en la puerta. Me senté atrás, en el único asiento libre, junto a una mujer que leía ensimismada y que ni siquiera movió sus rodillas para que yo pasara a la ventana. Del otro lado del vidrio un hombre barría, esparciendo las cenizas sobre el suelo y una anciana vendía habitas con cebolla sobre una mesa que se empecinaba en limpiar con el anverso de su mano.

Siguiendo los pasos de la mujer me bajé frente al cerro Santa Lucía, pero a los pocos metros la perdí de vista.

Sus huellas se confundieron con las demás, pasos en todas las direcciones, cientos de personas idénticas aplastando sus pisadas y las mías, aplanándolas hasta volverlas una misma huella. Ni un solo espacio desocupado en el cemento, ni un centímetro de tierra que no hubiese sido recorrido, borrado y pisado otra vez. Busqué su cara, un punto fijo al cual volver después de girar y girar, pero no pude encontrarla.

Me acerqué a un quiosquero y me obligué a pedirle una botella de agua y de paso a preguntarle por el consulado de Alemania (una voz gris sobre el gris, un atisbo de calma). El hombre tardó en contestar. *Incendio arrasa comisaría en Biobío. Nuevo aumento en la dieta parlamentaria. Empate en la Copa Libertadores.* Sólo el diario de la tarde, que recién colgaban sobre la pared, anunciaba en letras rojas (violentas letras rojas desentonando): *Otra vez*. El titular impreso sobre una fotografía de media página: la Plaza Italia cubierta. Podría haber sido Santiago en otra época, una foto enmarcada en la pared, pero era mi ciudad esa misma mañana. Otra vez.

El edificio quedaba a pocas cuadras según el quiosquero, que interrumpió una acalorada discusión sobre si Cobreloa bajaría o no a la segunda división y me contestó de mala gana, entregándome una botella de agua tibia que me tomé aliviada pero que no calmó mi sed. La gente caminaba a sus trabajos, a hacer sus trámites sin apuro. Avancé hacia el norte uniéndome a ese ritmo, mezclándome con el resto, con los restos, suponiendo que encontraría a Paloma vigilando el cielo, acaso buscando un ataúd suspendido entre las nubes.

No fue necesario entrar al edificio. Paloma conversaba afuera con Felipe, sus pies clavados en el polvo y ni una sola huella a su alrededor (las huellas no dejaban huellas de sí mismas). Ella cambiaba su peso de una pierna a otra, la marca incuestionable de los esperadores, pero en lugar de hablarme se concentró en la pared frente a ella (todavía la estoy viendo). Estás blanca, me dijo y pronunció un par de frases en un castellano atravesado por palabras intrusas, en alemán. Su nerviosismo había infiltrado su español, trabado en algún lugar entre su garganta y sus dientes, que trituraban sin piedad una de sus uñas. Felipe copiaba ese tic: su mano doblada en un ángulo incómodo y sus dientes arrancando las cutículas de su meñique (copiar un gesto, retenerlo, repetirlo). Me pareció que ella se veía pálida, plomiza en realidad, pero preferí interrogar a Felipe.

¿Cómo llegaste tan rápido?, le pregunté, dándole un golpecito que él evitó inclinándose hacia atrás. ¿No estabas escuchando música en la casa? Y Felipe sonriendo, arqueando sus cejas, buscando la mirada de Paloma, no la mía: ¿Y tú?, yo te hacía regándole el jardín a tu vieja, dijo (el teléfono sonando cada vez más fuerte).

Pensé en partir y retomar mi rutina, disculparme como si nada, comentar con mi madre la cena, pero Paloma sacó un cigarro de su bolso y exhalando una nube que sirvió para separarnos, para dejar en claro qué lado de la humareda ocuparía cada una, comentó que las cenizas parecían granizos sin agua. Su reacción, casi desinteresada, me desconcertó y me hizo creer que también ella sabía de las veces anteriores, que con el castellano se aprendían otras cosas: cosas como que cada cierto tiempo tocaba un desplome en blanco y negro. O tal vez ni siquiera notaba el diluvio. Eso o perder el ataúd era muchísimo más grave que ver Santiago enterrado.

Nos alejamos del edificio y caminando por esa costanera gris, sin saber qué hacer, Paloma y Felipe comenzaron a discutir. Hablaban sobre dónde pasar la noche, qué ruta sería la más conveniente. Conversaban como si se conocieran hace mucho, dándose empujoncitos. Evaluaban si llenar o no el formulario, si valdría la pena seguir los trámites obligatorios. La funcionaria del consulado le había explicado a Paloma que debía seguir nosequé procedimiento, nosequé conductos regulares, debía rellenar una ficha para reiniciar la repatriación, esta vez por tierra: repatriación voluntaria de restos mortales de un occiso (o de la occisa, corregí: la difunta, la finada, la fallecida, el cadáver, la muerta, Ingrid). La mujer le había explicado que el problema no era de ellos, ni de la embajada ni de extranjería ni de meteorología ni del Estado. Era anónimo ese problema. El vuelo simplemente no había alcanzado a aterrizar antes de las cenizas. Eso fue lo que dijo Paloma. Su mamá desviada a Argentina; perdida en algún lejano rincón de Mendoza.

y en ese caso llego a negativo, ¿cómo alcanzo el cero?, ¿matando a más gente?, ¿desenterrándola?, ¿y qué hago con los retornados?, nunca imaginé tantos problemas, la aritmética es imperfecta, ya lo sabía, por eso me iba pésimo en matemáticas, había gato encerrado en los ejemplos con manzanas y peras, ¡restemos cuerpos, profesor!, ¡a ver cómo se las arregla con este lío!, pero a la gringa no le interesan mis problemas y por eso, cuando me vio, me tiró encima sus ojitos claros, ojos de cielo azul que parece que no va a haber más en Santiago, pupilas que preguntaron: ¿a cuánto queda Mendoza?, y yo primero no entendí pero le vi ese poder en los ojos, como si hubiera nacido para ver cosas lindas y lo feo desapareciera frente a ella, por eso pensé que me esfumaría, porque de Adonis tengo pocazo, pero ella me miró y yo entendí que la gringa pretendía irse, porque su mamá hubiese querido que la enterraran aquí, eso dijo, bah, ¿qué me importa dónde quiere la gente que la entierren?, al menos en eso fue considerada mi mamá, ni molestó con su funeral, de un zuácate se murió: cáncer de pena, chao pescao, ni restarla pude porque yo era chico y no vi cuando se le metió la pena adentro, esa tristeza que aleteó y mi mamá se fue, montada encima, eso dicen que le pasó, y la gringa queriendo cruzar la montaña hoy mismo, ¡hoy!, ¿cómo esos ojos van a querer atravesar la montaña para buscar una muerta?, cruzar y ver cenizas en vez de tulipanes y algodones de azúcar, mal que mal la gente liviana ve cosas livianas y la Paloma pesa menos que un paquete de cabritas, si por algo le pusieron Paloma, aunque en realidad le pudo tocar Victoria o Libertad o Fraternidad, la Frate, ¡creatividad pura!, no como en mi caso, que me tocó heredar con nombre y apellido, igual que los chistes, que repetidos salen podridos, pero Felipe no está tan mal considerando que me pudo tocar la pandilla de Vladimires, Ernestos o Fideles, el tema es que la gringa flota por encima de las cosas, incluso ahora, caminando por el centro empolvado, su pena le vuela encima, sí, como las palomas y los cóndores y las polillas desafiando las cenizas, en eso pienso cuando la alemanota se pone brava, se le clava entre ceja y ceja ir a buscar a la muerta y ¡ya está!, ¡hasta la Iquela acepta!, ¡chalupa!, total, otra muerta sin cuerpo es lo último que necesito, un viaje no le hace mal a nadie, ¡dale gringa, pero tú pagai y conste que yo voy por curiosidad mate-mática nomás!, y la gringa se pone contenta aunque con un brillo de maldad, porque en el fondo está disfrutando con la fugitiva, como esa gente a la que no le pasa nada en la vida y de repente, ¡zas!, les pasa algo increíble, como que lluevan cenizas, claro, y se sienten protagonistas sin entender que no son protagonistas de nada, aquí somos tramoyeros todos, gringa, ni pa' personajes secundarios nos da, mira alrededor tuyo, las caras pegadas al piso, míralos, mírame, pero eso no se lo dije, preferí quedarme callado y que fantaseara nomás sobre cómo le iba a contar a sus amigos alemanes la historia del culo del mundo cubierto de cenizas, sí, y cómo su mamá iba en el avión barato y por eso no alcanzó a aterrizar en Chile y ella partió a Mendoza, ¡oh salvadora!, ¡nuestra heroína!, y

( )

—

Felipe tomó la decisión con una ligereza sorprendente, como si su única misión en el mundo fuera encontrar a Ingrid al otro lado de la cordillera. Yo tenía dudas sobre el plan, o más que dudas, me provocaba una distancia desconcertante, como si no pudiera imaginar el viaje o ese plan formara parte de la trama de un *road movie* que yo jamás protagonizaría. Lo cierto es que Felipe estaba decidido, y aunque yo siempre había fantaseado con moverme, era él quien partía y era mi tarea seguirlo, averiguar cuándo volvería (él no esperaba, no miraba, no sabía). No podía dejarlo solo. Me lo advirtió mi madre cuando se murió su abuela Elsa y Felipe se instaló en Santiago con nosotras. Era una antigua promesa (las viejas promesas pesando el doble que las nuevas) y Felipe lo sabía muy bien. Incapaz de permanecer en un lugar por más de unas semanas, desaparecía del departamento obligándome a todo tipo de mentiras: está en el baño, madre, está durmiendo, una tos convulsiva lo dejó afónico. De haber sido por mí, en cambio, no habríamos ido a ninguna parte y mucho menos ese día. Habría cerrado las cortinas del departamento para evitar la horrible simetría de las calles, los árboles cubiertos de cemento, los niños aclimatados construyendo castillos de cenizas. Le habría dicho a Paloma que tuviera paciencia, su madre de seguro no tenía apuro. Pero no fui capaz de quedarme sola. Van a ser máximo dos días, contestó ella cuando intenté convencerla de que yo los esperaría en Santiago, que entendiera (mi madre, Paloma, la mía).

Después de algunas cuadras de indecisión resolví que iría con ellos para ver la ciudad desde la cumbre y volvería rápido. Le pediría el auto a mi madre y cruzaríamos la montaña. Suena simple, dijo Paloma mientras recorríamos el Parque Forestal, Felipe chiflándole a los quiltros que ladraban a un Mapocho completamente inmóvil. Sólo cuando el plan estuvo preparado, Felipe advirtió el verdadero problema: ¿y dónde metemos a la muerta?, dijo deteniéndose en seco. A mi mamá, corrigió Paloma dándole un empujoncito en el brazo (una caricia insoportable). A mi mamá, Felipe, deja de decirle la muerta. Pero Felipe insistió y acercando su cara a la de Paloma, mordiendo el aire a un centímetro de ella, le dijo: A tu mamá muerta, gringa, muerta (y el polvillo se acomodó sobre sus hombros, volviéndolos odiosamente parecidos). El problema era ese: que Ingrid estaba muerta. La imagen de un ataúd suspendido sobre el techo del auto me pareció argumento suficiente, pero unas cuadras bastaron para encontrar la solución.

La sucursal del Hogar de Cristo estaba a punto de cerrar, la reja metálica deslizándose hacia el suelo, cuando Felipe se adelantó, interpuso su pie y golpeó el portón hasta conseguir que un hombre vestido de negro se resignara a atendernos. Nos condujo desde una recepción oscura (ocho sillas, una pantalla, un solo ficus reglamentario) hacia un salón con cubículos idénticos, dispuestos en un laberinto de sillas deslizantes y teclados ergonómicos. Felipe tomó la palabra antes de desplomarse sobre el asiento. El hombre escuchó con atención pero perdió la calma en cuanto comprendió lo que planeábamos. Retrocedió sobre su silla y se paró de un salto, indicándonos la puerta. Si acaso estábamos locos, dijo enarbolando un catálogo con las ofertas de ceremonias mortuorias. El arriendo no es por hora, muchachito, es por servicio. No somos un motel ni un rentacar.

Felipe y yo salimos entre carcajadas de la oficina. Paloma, en cambio, se mordía las uñas, roja de rabia. Traté de calmarla, de tocarla, pero sólo conseguí que acelerara el paso, avanzando como si a la vuelta de la esquina fuéramos a encontrar una funeraria alternativa. Y así fue. En plena Vicuña Mackenna, casi irreconocible bajo un manto de cenizas, una carroza fúnebre esperaba estacionada (hay que estar preparados, había dicho el hombre cubriendo su auto por la noche). Crucé la calle incrédula, un espejismo, pero Felipe se encargó de despejar mis dudas: Mercedes Benz, 1979, anunció, y se acercó a una vieja casa colonial de un solo piso, su adobe resquebrajado por los temblores y las ventanas revestidas de unos barrotes de fierro oscurecido.

Sobre el marco de la puerta, un cartel colgaba de un solo clavo: *Fun raria O tega & Ort*, y, justo abajo: *medio siglo ayudán olo a sent r.*

Nos abrió un tipo joven, alto y delgado, su piel horadada por una adolescencia cargada de granos, y nos retuvo bajo el umbral de la puerta mientras nos examinaba. Al ver a Felipe se irguió y le estrechó la mano en un gesto robótico. Siento mucho tu pérdida, le dijo muy serio, su cabeza meneándose de arriba abajo. Le extendía el pésame a él, no a mí, no a Paloma. El deudo fue Felipe, que le devolvió el saludo frunciendo los labios para no soltar una risotada. Se quedaron quietos un momento, como si no supieran cerrar el gesto, esa mecánica condolencia, y me pareció entonces que se coqueteaban, que el contacto entre sus manos se alargaba más de la cuenta.

Hacía frío en la casa y al entrar escuché a un hombre canturreando una cumbia al otro lado de la pared. Un intenso olor a fritura se esparcía por el pasillo, irritando mis ojos y obligándome a retroceder para tomar un poco de aire (cebollas, cenizas, no tuve alternativa). Me distrajo un salón de techos altos con cinco ataúdes en el medio. De las paredes, trizadas y sucias, colgaban cuadros de flores. Felipe se acercó a leer la descripción bajo la imagen de unas calas. *Ofrecemos coronas tradicionales, cojines primaverales, mantos de rosas, lágrimas de flores y cojines florales,* leyó y soltó una carcajada, preguntando si acaso tanto cojín era para la comodidad del muerto. Paloma lo ignoró o no lo escuchó. Estudiaba melancólicamente la madera de un féretro, reconociéndola, acariciándola con la yema de sus dedos mientras el muchacho escupía de memoria un listado de características: madera noble y duradera, dijo meciéndose como un péndulo a un costado de la puerta.

Nos interrumpió el crujido del piso y la aparición de Ortega padre, un hombre aún más alto que su hijo pero bastante gordo, de mirada mansa y gruesas cejas sobre los ojos. Arrastraba sus pantuflas y se secaba las manos con un paño de cocina, hasta el último recoveco de unos dedos gruesos y callosos. Le dio a su hijo una palmadita en el hombro (un golpe preciso, que detuvo el vaivén) y le dijo que era cuestión de práctica, debía observar muy bien para reconocer al correcto, de seguro se había equivocado otra vez. No entendí de qué hablaba hasta que entró al salón. Nos miró muy despacio, cotejando, juntando sus cejas en una sola línea sobre sus ojos, y dijo, sin dudarlo, siento tanto su pérdida joven, dándole a Felipe un firme apretón de manos, al que siguió una caricia en el brazo de Paloma y al final tomó mi mano como si se tratase de un pajarito recién nacido, que acurrucó entre las suyas con una ternura conmovedora. Mis condolencias, señorita, dijo, sus ojos brillando humedecidos. Agradecimos a coro.

Ortega padre escuchó a Paloma sin interrumpirla. Asintió cuando ella le contó los pormenores del consulado, los formularios, el avión desviado en Mendoza. Soy alemana, aclaró, estoy de paso. Ayúdeme, suplicó con una voz dulzona. Su relato, contado sin pausas, me sonó absurdo y tuve la sensación de estar presa en un sueño. Ortega, en cambio, pareció satisfecho al escucharla y no consideró desesperada su solución. Sólo agregó, con

Colgada del espejo, una miniatura de un dálmata y una foto de Ortega hijo cuando niño giraban según el ritmo del auto, vigilándonos y luego dándonos la espalda. Sólo Paloma parecía cómoda, sus piernas recogidas sobre la butaca áspera y raída, y su mirada atenta al espejo retrovisor, donde cinco, tal vez diez autos se habían agolpado en una fila encabezada por nosotros, y nos seguían muy ordenados con sus luces encendidas.

En cuanto entramos al departamento volví a sentir un tropiezo. Culpé a Paloma, que insistió en que avisarle a mi madre del viaje no era una idea muy brillante (y conté cuatro aureolas de té sobre la mesa, siete colillas en el cenicero, y ocho cuadras y media por recorrer). Le parecía mejor no revelarle nuestros planes; se preocuparía más de la cuenta. No es que se tome las cosas con gran liviandad, dijo, y sugirió que sólo cuando volviéramos con ella le contáramos lo que habíamos hecho (y con *ella* quería decir su mamá muerta, y con *lo que habíamos hecho* quería decir repatriarla, si acaso existía un lugar al cual volver).

Apenas pude seguir la conversación. Sería un viaje corto y tenía la certeza de que mi madre también querría enterrar a Ingrid en Santiago, estaría orgullosa de que se la trajéramos, era el tipo de cosa que ella habría hecho (el tipo de cosa que valía la pena). Es una buena idea, me dije a mí misma, pero no pude evitar la imagen de mi madre limpiando las hojas del magnolio, despejando cada brizna de pasto, quitando la sombra ya instalada sobre los acantos y las baldosas. La imaginé sacudiendo los árboles y barriendo el piso, sólo para barrer de nuevo y barrer otra vez. La imaginé con el teléfono en la mano marcando exasperada, preguntándose por qué yo no contestaba, por qué tardaba tanto, cómo no pensaba en ella. Empecinada, la vi discando de nuevo, su boca empañando el auricular, preguntando por qué no contesté antes, qué estaba haciendo, adónde iría, por qué Mendoza, por cuánto tiempo. Exactamente cuánto, Iquela, no me mientas. Qué es lo tan importante, diría, si todo lo que tú haces es perder el tiempo. Tanto tiempo perdido.

(¿Dónde estás, Iquela? ¿Te falta mucho? ¿Estás viniendo? ¿Leíste el diario? ¿Cómo puede ser que no lo compres? Las cenizas. Cuídate del arsénico y del magnesio y de los nitratos y del esmog. Estás pálida. Estás flaca. Estás sola, Iquela. Tan joven y tan sola, hija. Tan sola... Tan hija.)

( )
———

Salí de Santiago sin salir, o sin creer que me estaba yendo. La lluvia se volvió aún más espesa en cuanto tomamos la ruta precordillerana y el camino de regreso quedó borrado más allá de la polvareda. Sentado en cuclillas a mi derecha, Felipe murmuraba una melodía al principio vagamente familiar pero que no tardé en reconocer: ¡Vamos de paseo, pip pip pip, en un auto feo, pip pip pip! Imitaba su tono infantil, el recuerdo de sí mismo en la butaca trasera del auto, golpeando eufórico el apoyacabezas de mi madre (quietos, el cinturón, cálmate, Felipe). Siempre lo mismo: espaldas contra el asiento, Felipe susurraba en mi oído. Hagamos algo nuevo, Ique, juguemos al colgado, a tirar la cuerda, dice esa voz infantil para que sólo yo pueda escucharla. Encojo mis hombros de niña convencida de que él sacará lápiz y papel y nuestro juego consistirá en adivinar vocales o arder en la hoguera. Pero Felipe no quiere jugar a ese colgado, quiere probar la versión que él inventó tiempo antes, en Chinquihue. Por eso saca de su mochila uno de sus lápices y un largo pedazo de hilo negro, me toma la mano, mis dedos cortos y regordetes, y me dice que los estire bien, Ique, sin moverse. Mi mano inmóvil sobre sus rodillas, palma arriba, mientras Felipe dibuja concentradísimo dos puntos negros como ojos, un círculo a modo de nariz y una línea recta para indicar la boca en cada una de las yemas de mis dedos: cinco caras apáticas en mi mano. Invertimos los roles: soy yo quien ahora traza ojos sobre sus dedos, dibujo corbatas, rulos, y juntos nos reímos, agitamos las manos como en una despedida, nos hacemos cosquillas. Entonces viene el cape nane nu, ene tene tu: un dedo de Felipe, el elegido, pasa al frente. Sa–lis–te–tú. Los demás dedos se agachan, hacen sentidas reverencias mientras mi mano, mis cinco obedientes soldados sostienen el hilo, el largo cordel que mi ejército ata con determinación, Ique, más fuerte, apriétalo, dice esa voz (resucitada, aguda, imposible, esa voz). Hasta ver estancada su sangre, su dedo estrangulado, los ojos salidos, el hilo hundido en el primero de los nudillos, una cabeza a punto de estallar y nuestras risas ahogadas, porque no debíamos meter ruido, eso dice mi madre: paren de hacer bulla, por la cresta, hay un extra en las noticias (los tambores, la grave insistencia de esos tambores).

Frente a nosotros, como una aparición, la cordillera vigilándonos desde siempre. Comenté lo opaco que se veía el cielo, los campos enterrados bajo el polvo, la textura del viento ahora visible (una mortaja gris sobre Santiago). Necesitaba comprobar que me estaba yendo, es un viaje, es verdad, me dije y aceleré la carroza hasta los límites de también yo, que apenas conseguía mantener el equilibrio. El camino era un interminable zigzag y Felipe tomaba las curvas sin bajar la velocidad, manteniéndome muda y aterrada. No se vayan a hipnotizar, dijo subiendo ese espiral interminable. Imposible reírnos. Paloma sostenía con su mano derecha la manija de la puerta y con la izquierda se apoyaba en mi hombro para no caerse o evitar que yo rodara por el suelo. Al cabo de unas diez o quince curvas, no pudo más. Paremos a tomar aire, dijo, estoy mareada.

Desde el barranco, el valle de Santiago se extendía quieto, un agujero hundido entre los cerros y unas pocas luces desperdigadas alrededor. El camino que recién habíamos recorrido era una línea llana, ni una marca del paso del auto. Las cenizas caían con tanta fuerza que no permitían dejar huellas. Paloma respiraba con dificultad, cubriendo su nariz con una de sus manos mientras me sostenía del brazo con cariño (o para no perder el equilibrio). Con sólo abrir esa boca hacia el cielo podría haber calmado su ansiedad. Yo, en cambio, no tenía problemas con el aire y menos Felipe, que se alejó de nosotras y caminó hacia una gruta donde sobrevivía algo de nieve pese al calor de los días anteriores. Atravesó las cenizas rápido, como caminaba en la playa cuando éramos niños, cuando se quitaba la ropa de golpe pese a las advertencias de mi madre que le gritaba no, Felipe, vístete ahora mismo, hay bandera roja, es peligroso. Felipe se desvestía y corría pilucho hacia las olas, metiéndose al mar de la única forma que él sabía: con violencia. Un zambullirse que no era nadar, sino clavarse en la espuma, o más bien clavarle a las olas su cuerpo escuálido, hiriéndolas. Felipe avanzaba raudo por la arena negra y pedregosa de Chinquihue, a toda velocidad corría y cuando llegaba a la orilla, se desprendía del suelo y volaba: levantaba sus piernas sorteando el agua hasta que era inevitable, hasta que desde donde yo esperaba (en mi orilla seca, en mi obediente orilla sombreada), no alcanzaba a ver más que sus manos, sus dedos rompiendo la ola que lo rompía a él, lo revolcaba en un remolino tragándoselo quince segundos exactos (quince segundos que yo contaba aterrada), hasta que él salía temblando y escupiendo. Y se volvía a meter, Felipe, y se volvía a revolcar y a clavar en el agua, rajándola hasta salir azul, azul sin aire, los ojos irritados y los dientes trepidando, diciéndome entumido que el agua estaba rica, exquisita. Felipe se acercó a la cueva donde resistían las nieves eternas, completamente inmune a las cenizas. Y desde ahí gritó que quedaba un poco, que nos acercáramos, vengan a ver, yo nunca la he tocado, dijo dándonos la espalda. Después se giró hacia nosotras y estiró sus brazos, sonriendo. Unas gotas blandas caían entre sus dedos, a través de sus manos que formaban una cuenca repleta de una horrible sustancia gris.

Le pedí a Felipe que volviéramos al camino. Caía la tarde y las cenizas se pegaban a mi piel; desesperantes. Prefería estar en movimiento antes que quedarme ahí enterrada. Él me miró molesto, desafiándome a aguantar más de quince minutos de polvo sobre mis hombros. Después de insistir un buen rato conseguí que nos subiéramos a la carroza: él irritado, Paloma indiferente, y yo más tranquila, aunque mi alivio sólo duró unos minutos.

Encerrado no me gusta nada, no, lo que yo quiero es caminar, pasear a pata, en micro o por último en la Generala, pero quedarme varado no, para eso mejor cruzar la cordillera en burro como hizo el poeta que desenterraron, y mejor aún si es un paseo nocturno, sí, porque de noche es más rico pasear, para pensar tranquilo, en frío, porque las ideas salen mejor cuando es de noche, eso lo sabe cualquiera, que las ideas tristes se mimetizan con el negro, por eso yo camino tan tarde, tan en el corazón de las raíces, desde la primera vez que me fui de la casa de la Iquela, cuando éramos chicos y mi tatita Elsa me dejó unos días en Santiago, son unos días nomás, mi niño, tengo que hacer cosas importantes, dijo ella y yo repetí: im–por–tan–tes, porque me gustaba separar las palabras en sílabas, especialmente cosas que yo no entendía o cosas im–por–tan–tes, claro, y mi tatita se fue, primero muchos días y al final de–ma–sia–dos y entonces a mí se me hizo chica la casa o en realidad me faltaba aire, sí, escaseaba el oxígeno, porque en esa época el

Rodolfo seguía en la pieza enfermo y a mí no me gustaba su olor agridulce, a frutas podridas, a químicos que entraban por la nariz y bajaban a la guata, y en su desparramo todo se iba pudriendo, se iba poniendo triste, eso pensaba yo, porque ¡hasta las chirimoyas estaban tristes en esa casa!, por eso me fui, ese olor me estaba matando y yo no me quería morir, no señor, así que agarré mis cosas y calladito recorrí el pasillo de la casa, crucé el antejardín y ya, pero cuando aún estaba a tres o cuatro cuadras no se me iba la sensación de tener arena en la garganta, por más que tragaba y escupía no se me pasaba, no, y me dio susto que el olor se me hubiera contagiado y circulara por mi sangre para siempre hedionda, por eso me puse a sacar flores, al principio rosas que aplastaba contra mi nariz hasta robarles todo su olor, hasta estrujarlas completas, sí, eran puñados de rosas las que usaba y tiraba al suelo para después perseguir a los acantos, con sus lenguas blancas y su olor dulce, tan rico que las chupaba como flautas, así iba yo comiéndome el néctar mientras dejaba a la ciudad sin flores, secuestrando pétalos descuartizados, separados de los sépalos y los estambres y las corolas y las antenas y los tálamos flotando en las canaletas, ahí con los guarisapos abandonaba las flores despedazadas, canoas blancas en el agua turbia para que los pirigüines navegaran, pistilos flotantes con sus bichos–capitanes, y yo paseaba por Santiago y me comía los tallos y el polen y colgaba mis ideas de los cables del tendido eléctrico por si se iluminaban, como esas zapatillas suspendidas como planetas blancos en el y ella el papá, pero después de un rato tampoco le gustó ese juego y yo le dije que prefería ser su mascota o su planta, quiero ser el polen, el verticilo de las flores, porque nos estábamos aprendiendo las partes de las flores y yo quería ser un pistilo o un tallo o bueno ya, seamos parientes, pero lejanos ¿bueno?, como choznos, eso es: ¡seamos choznos!, le dije, porque cada uno tiene cuatro abuelos, ocho bisabuelos, dieciséis tatarabuelos y ¡treinta y dos choznos!, ¡seamos choznos!, y ella explicándome que para ser choznos debíamos tener hijos y que esos hijos tuvieran hijos y ellos también y los que siguen ¡también!, pero ella y yo no queríamos tener hijos, por ningún motivo, hijos sí que no, ¿cómo íbamos a tener hijos si nosotros éramos los hijos?, ni loca choznos, dijo la Iquela y menos mal, porque andar pariendo sólo enredaría las cosas, complicaría las matemáticas con guaguas y más guaguas empecinadas en nacer, insistiendo en sumarse cuando lo que hay que hacer es restarse, guaguas sí que no, entonces acordamos que no seríamos parientes, para qué familias, para qué más sangre, y ella me pidió que prometiéramos entonces vivir juntos para siempre, eso dijo, que juráramos por los átomos, por mis papás y las golondrinas que nos acompañaríamos, y yo diciéndole no, Ique, no te puedo jurar por esas cosas, porque esas cosas no existían y además yo tendría que cuidar a los animales y plantas de Santiago, por eso no podría vivir en la casa de la Consuelo y del Rodolfo, así que le dije no, Ique, mejor vivamos juntos–separados, como hacía yo con mi abuelita, juntos pero no revueltos, recorrimos muchas cuadras él y yo, muchísimas, e hicimos pichí en las esquinas y mi quiltro lengüeteó mi pichí y entonces se hizo de día y tampoco encontré mis ideas, porque se habían perdido en la noche y cualquiera sabe que las ideas del día y de la noche no se encuentran, no, y no sé cuánto tiempo pasó, una semana quizás, hasta que un día me agarraron los pacos cuando tomaba agua en una fuente en La Moneda, con el perrito que metía su lengua en el chorro y yo que le copiaba, métale tomando agua ahí agachados, pero al paco no le gustó y dijo que me llevaría detenido, y yo le dije: ¡detenerme nunca!, ¡a mí me gusta caminar!, pero me agarró de un brazo y me subió a la cuca, y en el piso había sangre seca y oscura y espesa en un charco que mi quiltro chupeteó enterito, y la comisaría estaba llena de gente y desde los calabozos brotaba mal olor, pero no el olor de Rodolfo, no, era un olor más ácido, olor a sobaco y gente presa, eso pensé, y busqué las caras tras los barrotes, ojos cargados de venganza y pena que me forzaron a bajar la vista, y ahí abajo seguía mi perrito, cagado de susto, la cola entre las piernas, su hociquito frío muy cerca de mis tobillos, y el paco me preguntó cómo se llama tu mascota, cabrito, y yo le dije Augusto José Ramón y tiene rabia, y el paco puso cara de susto y me dijo: mejor cámbiale de nombre, pendejo, y yo me encogí de hombros mientras él me preguntaba cosas como mi apellido, mi rut, mi fecha de nacimiento y dónde vivía, y yo diciéndole que vivía en las canaletas, con los pétalos desmembrados y los pirigüines, en las corolas de las flores, entre los soles

126

de los aromos, y él me miró y me dijo: hace cuánto que no comes, cabro huevón, y yo pensando éste qué se cree, yo soy el rey de Santiago y de los acantos, pero eso no se lo dije, sólo contesté mi nombre, Felipe Arrabal, y él lo escribió muy lento, como si estuviera aprendiéndose el abecedario, lo escribió todo en mayúsculas, igual como habla la gringa–alemana, harta mayúscula, sí, y a mí las mayúsculas no me gustan, pero eso no se lo dije, porque él levantó el teléfono y llamó al sargento y repitió mi nombre: afirmativo, mi sargento, Arrabal con be larga, y yo ahí esperando mientras él buscaba entre papeles y carpetas con cara de no entender, arrugando su piel como un bulldog, igualito a Don Francisco, y entonces cortó el teléfono y me dijo: imposible, y después con un tono ronco y enojado: no estoy pa' que me agarrís pal' hueveo, cabro culiao, ¿cómo te llamai?, y yo diciéndole, Arrabal con be de burro, de bestia, de bocón, con be de bruto, le dije, Arrrrrrabal, y él examinándome de arriba abajo con el ceño fruncido, la cara deformada y su boca moviéndose como los hocicos de los perros pero sin baba: es imposible, pendejo, dime tu nombre verdadero, cabro de mierda, o te voy a sacar la chucha, te voy a meter al calabozo y de ahí no te saca nadie, y yo repetí: Felipe Arrabal, me llamo Felipe Arrabal, y Augusto José Ramón con su baba esparciéndose sobre mis zapatos y el olor a gente sola y la voz del paco saliendo fuerte, brotando roja para decir: Felipe Arrabal está presuntamente muerto, y yo callado, y los pistilos y los pétalos y el cáliz y la baba burbujeando en la botella de rabia y yo tragando arena que resbalaba

( )

——

Decidimos dormir en una quebrada donde la noche se encargó de borrar hasta los últimos restos de cenizas. Apenas algunos sonidos reconocibles a mi alrededor: el silbido del viento, la respiración ansiosa de Felipe y el crujir de los paquetes de ramitas que él había comprado en la bomba de bencina y que Paloma devoraba sin contemplaciones. Esperé confiada en que me acostumbraría a la oscuridad, pero después de un rato refregué mis párpados y los forcé: la foto de Ortega hijo colgando del espejo y el diario de ese día arrugado a mis pies (otra vez, decía, otra vez). Paloma sostenía el mapa rutero, acercándolo y alejándolo porfiadamente de su cara. Después de varios intentos, sacó su encendedor y alumbró el papel. Los Penitentes, dijo, apagando la llama. Creo que estamos en Los Penitentes (los arrepentidos, los enlutados, los afligidos).

Le expliqué que ese valle quedaba más allá del Cristo Redentor, atravesando el Paso Los Libertadores y nosotros seguíamos en un altiplano sin nombre, en ninguna parte.

Paloma desplegó el mapa y me lo acercó, empecinada en que pasar la noche en Los Penitentes debía ser algún tipo de augurio, pero no logró reencontrar el valle en el papel. Felipe seguía mudo sobre su asiento, anticipando una larga noche que de seguro lo enloquecía de antemano. Entendí que sería mi turno persuadirlos. No tenía sentido quedarnos ahí durante horas, calculando la nada al otro lado del vidrio, así que sugerí que nos sentáramos atrás. Vamos a estar más cómodos, dije, no sean supersticiosos. El mal agüero de Ortega no me preocupaba; no después de las cenizas, de perder el cadáver y de los resoplidos cada vez más angustiados de Felipe.

Nos trepamos al compartimento trasero, Paloma resignada, Felipe bordeando el autismo y yo divertida con la situación, y nos acomodamos en un semicírculo ensayando distintas posiciones, intentando esquivar los dos fierros paralelos que atravesaban el piso (estrategias para deslizar los ataúdes). El espacio me pareció amplio y me sorprendió una textura suave cubriendo el suelo, un revestimiento de pana o terciopelo. En el medio del techo, adiviné los contornos de una lamparilla (la extraña urgencia de iluminar los ataúdes). Cuando mis ojos casi adivinaban la disposición del interior, Felipe la encendió: una ventana trasera, un vidrio opaco apartándonos del frente y la decidora ausencia de ventanas a los costados de la carroza.

Sólo unos centímetros nos separaban, y la soledad del paisaje, el aislamiento y la penumbra favorecían una intimidad falsa, de confesionario. Paloma no la pudo resistir.

Estamos tan lejos, dijo, ¿y si se arruina el motor con las cenizas? ¿Y si no llegamos a Mendoza? ¿Dónde la voy a buscar? (sus dedos crujiendo uno tras otro: diez segundos desperdiciados). Su temor me sorprendió y me giré hacia la ventana trasera. Las cenizas caían alumbradas por la luz del interior (la noche deshilachándose sin remedio), pero la pesadilla de quedarnos atrapados me sonó desmedida. No es para tanto, dije acariciándole una pierna que me sorprendió muy fría. Son sólo cenizas, Paloma, ya van a parar, y dejé mi mano sobre su muslo, sin saber muy bien cómo había llegado allí. Felipe dio un salto hacia atrás, obligando a Paloma a mover sus piernas, y abrió su mochila con un manoteo. Tres vasos y una botella aparecieron como sacados de un sombrero de fieltro. Felipe sirvió los tragos, el suyo más grande que los otros, y nosotras, sin dudarlo, nos plegamos enseguida a su propuesta: la felicidad del pisco a secas.

El bachillerato fue idea mía. Sugerí que apagáramos la luz y nos tendiéramos en el suelo, boca arriba, Paloma recostada entre nosotros. Para distraernos, dije animada por el pisco, por qué no: bachillerato sin luz, ni lápiz, ni papel.

Cada uno sugería una categoría. Propuse nombres de volcanes. Paloma dijo cementerios de Chile. Felipe se negó al principio, pero después de pensarlo un momento sugirió formas de matar o de morir. Paloma se quitó los zapatos y se acomodó en el medio, sus piernas estiradas, su hombro derecho rozando el mío. Una de las barras metálicas se interponía entre nosotras, enterrándose en mi brazo y en mi pierna. Al rato, sin embargo, dejé de sentir el frío de ese fierro y mi única sensación fue el tapiz a contrapelo, las letras del juego marcadas sobre el piso donde encontré la mano de Paloma. Dejé la mía encima, quietísima.

Yo empiezo, dijo Felipe. A. Estop. Ge: General, gasificado, gonorrea, güelén. Lanzábamos letras en desorden, palabras que se expulsaban entre sí y otras veces se fundían. Huelén es un cerro, Paloma, no es un volcán y además es con hache de Huaina, de horneado, de hacinado. Nadie se muere hacinado. ¿Y horneado? Bueno ya. Estop. Eme: Metropolitano. Maipo. Mocho. Matado. ¿Quién se muere matado, Felipe? Nada que ver. ¿Cómo que no? Mmm... Bueno ya. Paloma se reía a destiempo, jugando a otro bachillerato en su alemán intruso. A ratos se le escapaba alguna palabra que ella misma traducía y que jamás coincidía con la primera letra del castellano. Me apretaba la mano con cada error. Estop: Pe. Muchos cementerios comienzan con parque, dijo ella. Es verdad, ni los cementerios se llaman cementerios. Peteroa. Puyehue. Puntiagudo. Patinando. ¿Patinando? ¡Qué latera, gringa! ¿Quién se muere patinando? Estop. Té: De tortas. De tonto. De Tacora. De Tutupaca. De torturado.

A ratos también yo repetía el alemán, sonidos que me raspaban la garganta y que no significaban más que eso para mí: fricción (el crujir de los dedos por dentro). Tal vez ganaba tiempo imitando esas frases o quizás lo que me seducía era el roce. Porque cada sílaba en alemán traía consigo el contacto de los dedos de Paloma con el anverso de mi mano, un ir y venir sin pausas y sin el dolor al que me remontaba, el recuerdo del ardor en mi piel cuando repetía ese ritual. Una niña muy tímida me había enseñado ese secreto. Camila, se llamaba, y fuimos compañeras un solo invierno, suficiente para que ella me revelara la competencia de rascarse. Consistía en resistir. Dejar que la otra rascara el anverso de la mano el mayor tiempo posible. Como la gota de agua que cae persistente sobre la cabeza. Su uña se movía a un ritmo constante. Raspaba. Abría. Ella y yo podíamos hacerlo durante horas: mi mano quieta y la suya agitándose de derecha a izquierda, una y otra vez. Hasta que bajo su uña ya no quedaba más espacio. Porque lo invadía mi piel descascarada. Porque mi sangre se amontonaba (y la uña seguía moviéndose, dale, más rápido, Camila, cada sonido una capa de mi piel, sigue, abriéndose rosada, roja, blanca, dale, sigue). Mi mano tardaba semanas en sanar, pero al menos prometía un dolor real: un dolor visible y mío. Y cuando se insinuaba la aspereza de una costra y la herida amenazaba con sanarse, empezábamos otra vez. Mi mano izquierda aún guardaba la huella de esa cicatriz y Paloma la acariciaba sin darse cuenta.

Intenté volver al juego pero quedé atrapada en la memoria de esa mancha sobre mi mano (un cuarzo abierto, una fuga). Paloma parecía entretenida y ya un poco borracha repetía trabalenguas. Tres tristes tigres, arremolinados rododendros, erre con erre cigarro, pero su castellano no sabía trepar hasta el lugar donde nacían las erres: la punta de la lengua. Felipe, en todo caso, no la corrigió. Se mordía las uñas boca arriba, a punto de enloquecer entre el encierro y la oscuridad, obligándome así a remecerlo, arrastrarlo hacia mí, proponerle algún juego que lo blindara. Como cuando éramos niños y él sugería, sentado en cuclillas sobre la alfombra de lana, que jugáramos a la gallinita ciega (otro animal, otro tipo de ceguera). Es divertidísimo, Ique, porfa, restriégame los ojos, tócame la esclerótica el mayor tiempo posible. Felipe insistía en ese juego: que yo me metiera el dedo a la boca y tocara después, con ese mismo dedo, la parte blanca de su ojo. Porque el párpado era su rival: debemos pelear contra el telón que quiere cerrarnos, Ique, quiere sellarnos para siempre. Yo entonces me chupaba el índice, obediente, y le ordenaba que se recostara sobre mis piernas, que apoyara su cabeza sobre mis muslos y abriera ese globo blanco para mí. Dale, me ordenaba él ya preparado, tócalo, Iquela, y yo acercaba mi yema a su órbita resbalosa, acariciando con temor esa superficie húmeda, hacia un lado, hacia el otro, hasta que el párpado no aguantaba más y temblaba, inundando todo con laberintos, telarañas rojas que se tejían por debajo de mi dedo: Ique, tócame más, el otro ojo, Iquela, el ojo de adentro.

Felipe seguía callado y respiraba con dificultad, como si pudiera olvidar su siguiente aliento y fuese mí deber advertírselo: otra vez, Felipe, inspira. Nuestros juegos se agotaron y si bien el silencio me incomodó, pensé que el mutismo de Felipe podía servirme: podría preguntarle a Paloma por Berlín, los nombres de los árboles y los parques, conversar sobre cualquier cosa sin sus eternas diatribas.

Empecé con un comentario sobre sus fotos y sus viajes; el diálogo que sostienen dos personas que no tienen de qué hablar (¿de qué hablaríamos nosotros?, ¿cuáles serían nuestras preguntas?). Apenas recuerdo qué contestó. De seguro repitió nombres de ciudades y comidas, un largo listado que no evitó el frío que sentí después, cuando se abrió entre nosotras una pausa que no supe interrumpir.

¿Y tu papá?

Paloma salvó la situación. No estoy segura de si en verdad quiso saber o si le pareció educado preguntar, como quien intercambia saludos, chaquetas o padres muertos. Más por cumplir, por mi borrachera galopante y por el alivio que me produciría llenar ese silencio, le conté la versión corta y luego la larga, versión haiku, había dicho Felipe alguna vez intentando defenderme de las preguntas de mis compañeras de colegio. Querían una historia heroica o sangrienta y Felipe era el experto. Di que no tienes papá y ya está, Iquela, córtala con el drama. Pero ellas no me dejaban en paz. Por eso inventamos la versión haiku: Se murió de cáncer. Era invierno. Fue unos meses después de tu viaje a Chile, le dije a Paloma atropelladamente, como quien arranca la venda de una herida. Me escapé del colegio varias semanas una vez que lo enterraron, le conté. Fue idea de Felipe. Él me esperaba a media cuadra de la portería para que nos perdiéramos por las calles. Su abuela Elsa lo había dejado con nosotras ese mes, pero él se negaba a entrar a clases. Caminábamos persiguiendo quiltros, bañándolos en las fuentes de agua, dejando que el tiempo nos atravesara. Y sólo en la noche, después de horas, volvíamos agotados a la casa, temiendo preguntas que jamás llegaban. Era pleno invierno y el frío de Santiago debía calarnos los huesos, pero recuerdo no sentir nada; ni hambre ni frío ni pena. Después de todo, mi papá ya se había muerto una vez. Me fusilaron en Chena, decía él con ese tono altivo que sólo ocupaba para esa frase (una nueva voz para esa oración: una voz nacida para cuatro palabras). Luego levantaba su camisa hasta su cuello y mostraba orgulloso la cicatriz que cruzaba su pecho y su espalda, mi madre contemplándolo desde la puerta del comedor (los ojos vidriosos ante esa estatua erigida en medio de la casa). Con el tiempo aprendí a contar otras historias. Inventaba suicidios, accidentes sangrientos, muertes memorables sólo para ver las reacciones en los demás: ver el dolor en sus caras para retenerlo, copiarlo y, más tarde, repetirlo.

Felipe no dijo una sola palabra y Paloma se le unió en ese pacto de mudos. Ya habíamos cubierto padres muertos, madres muertas, emergencias climáticas, y yo ya iba por la sexta o séptima uña mordida cuando acudí a un último recurso. Por qué tu mamá no volvió nunca del exilio, dije arrepintiéndome al tiempo que Felipe lanzaba una mezcla de bostezo y carcajada.

Me sonó tosca mi propia voz (otro tono abriéndome la boca: dale, más rápido, sigue). Esa pregunta intrusa, que de seguro conduciría a una respuesta *clave*, era parte del libreto de mi madre. Pero ella no podía escucharme, seguiría contemplando sus fotos en blanco y negro, barriendo la muerte del umbral cada mañana (el teléfono sonando durante días). Felipe soltó algo parecido a un gruñido y girándose hacia mí, exhalando su aliento de alcohol en mi cara, dijo ya poh, Iquela, por qué tan latera, y encendió la luz del techo (ojos enceguecidos por la rabia). Qué cresta te importa por qué la vieja no volvió a Chile, ¿así querís levantarte a la gringa?, dijo escupiéndome esa frase, rompiendo una vieja promesa que en realidad ya había roto. Yéndose, me dije a mí misma. Dejándome sola con todas las cosas (con el peso de todas esas cosas).

Paloma se sentó, nos sirvió más pisco y sugirió que nos relajáramos; tampoco era para tanto. Habló con calma, como si dos días conmigo le hubieran bastado para intuir que yo jamás discutía con Felipe. Nos extendió los vasos, parsimoniosa. Disfrutaba. Pude ver en su mirada la altivez de una mediadora, esa neutralidad insoportable. Brindemos mejor, dijo levantando su vaso y dejándolo altanero y solitario. Se dice *Prost* en alemán, eso es, *Prost*, no vale la pena pelearse. Pero Paloma no sabía de qué pena hablábamos Felipe y yo, así que seguí; la pena valía muchísimo más en su presencia.

Contesté rápido, sin pensarlo. No me huevees, Felipe, en especial tú (sílabas quemando el cuarzo abierto de mi mano). Le dije que era patético verlo con sus libretitas, que de seguro Paloma no estaba precisamente encantada con sus divagaciones sobre muertos, que mejor se fuera a dar una vuelta (una larga caminata de ojos cerrados, en esa noche donde abrirlos daba igual). Felipe ni siquiera respondió. Abrió la compuerta trasera y se bajó entre risas (carcajadas metálicas en un teatro vacío).

Paloma cambió de tema sin darle importancia a la pelea o ya instalada en el más absoluto desinterés, y comenzó a hablarme de la historia de su madre tal como se comía las hojas de la alcachofa: metódica, rutinariamente. Casi no le presté atención. El rencor repentino de Felipe, su dolor, mi rabia, mi madre regando, las preguntas forzadas (¿teníamos acaso otras preguntas?, ¿caían cenizas en mi infancia?), me hicieron sentir más sola que nunca. Los dedos de Paloma recorrían uno de mis brazos, pero sólo lo noté cuando me molestó, cuando sentí que su tacto me irritaba.

Relájate, dijo ella.

Paloma se arrodilló, acercó su cara a la ventana trasera y tomándome la mano, me invitó a arrimarme a ella. Al otro lado, una explanada oscura, y más allá, alejándose de nosotras, un minúsculo punto rojo zigzagueaba: el fuego del cigarro de Felipe fundiéndose con nuestras caras sobre el vidrio. Paloma quiso saber por qué Felipe era así (*así*, dijo y me abandonaron las respuestas). ¿Así cómo?, pregunté. No importa, dijo ella. Tenía razón, no importaba. No esa noche, no en el largo paréntesis que esta vez no interrumpí. Me acerqué a ella y apoyé mi mano detrás de su cuello (rozando el cuerpo en sus reversos: el interior de los párpados, la córnea, los dobleces de la piel). Mantuve mis dedos quietos, nerviosa, hasta que percibí su pulso saltando bajo esa piel cubierta de gotitas de sudor. No moví mi mano y la busqué en el reflejo de la ventana (y sus ojos tiñeron el valle de azul; un cielo otra vez azul que se nubló en un parpadeo). Paloma se volvió hacia mí y me acercó su cara, pero enseguida se alejó y tanteó el piso alrededor mío, rozando apenas mis piernas hasta dar con uno de los vasos. Se lo llevó a los labios, inclinó su cabeza y cuando se tomó la última gota de pisco, estiró su mano y apagó la luz.

Se recostó boca arriba en el suelo y me invitó a tenderme junto a ella. Su voz me pareció dulce aunque distante, demasiado formal ese acuéstate a mi lado, Iquela, descansemos, pero luego una orden en otro tono, más caprichoso, ahuyentó mi desilusión: desvístete, dijo (una sola palabra pasada de alcohol). No tardé en moverme, no demasiado, pero en el breve lapso entre su orden y mi reacción, en el par de segundos en que pensé que había oído mal, que era imposible, en que esperé que me diera una señal o me desvistiera a mí, me atravesaron decenas de otras órdenes (acércate, cállate, acuérdate, asiente, llora). Me tendí de perfil manteniendo un espacio, apenas un riel entre nosotras, y acerqué mi cara a la suya. Tú primero, me oí decir entonces. Desvístete tú.

anda de lo más feliz y coquetona, por venir a dármelas de chaperón me pasa esto, aunque pensándolo bien, este viaje es lo más patriota que haya hecho, ¿qué podría ser más noble que un reencuentro madre–hija?, sólo un reencuentro padre–hijo, porque esa sí que es tradición: ¡perderse!, desde el Teniente Bello en adelante que los reencuentros agarraron aires de hecho histórico, por eso todo el mundo se ponía los sábados frente a la tele, mi abuelita Elsa primera en la fila, cada sábado tomaba once viendo a Don Francisco, y yo la espiaba varias horas, hasta que tipo seis, después del chacal de la trompeta y del concurso de talentos, comenzaba la música triste, la melodía dramática que subía y subía, y el tono de Don Francisco se volvía hondo, hablaba lento, ponía su cara de bulldog deprimido y decía: señora, señor, les voy a contar una historia triste... la historia de una madre que ha buscado a su hijo durante quince años... y Don Francisco miraba derechito a la cámara y ahí aparecía una señora con falda floreada y delantal colgado a la cintura, el pelo repleto de cachirulos y un puchero incipiente en la boca, y con las manos hundidas en el delantal miraba a Don Francisco y a la cámara, sin saber qué hacer, dónde hay ojos para amarrarse, y Don Francisco decía cuéntenos, señora Juanita, díganos cuándo fue la última vez que vio a su hijo Andrés, y la señora Juanita relataba su historia medio nerviosa y mi tatita Elsa la escuchaba llorando, y todo Chile lloraba también, porque el que diga que no veía los reencuentros miente, si por eso termino yendo a buscar muertas ajenas, porque me criaron viendo a Don Francisco decirle a la señora Juanita: le tenemos una buena noticia, amiga mía, su hijo... su hijo... y ¡chachán!, aparecía el hijo Andrés nada más y nada menos que en los estudios del Canal trece, y la gente se emocionaba y la vieja no daba más y el puchero se imprimía firme en la cara de mi abuela y entonces lloraba y lloraba, y son ese tipo de cosas las que me llevan a ser un huevón sentimental, porque todos queremos ver los reencuentros, sí, y las que más se quieren reencontrar son la Iquela y la gringa, ¡puta el reencuentro bueno!, métale corriéndose mano las dos frescas, compensando la pena con besucones, y claro, es que la gringa de ojitos azules se las traía, ni tonta ni perezosa, ¡así da gusto estar de duelo!, lástima que sólo se vean las sombras al otro lado del vidrio, porque yo a la Iquela hasta la sombra le conozco, y en esa época no me encontraba latero para nada: yo estaba en la vereda jugando a manguerearme con la Consuelo, aunque ahora que lo pienso, la Consuelo regaba nomás y yo me cruzaba por el agua, cruzar hasta que ella me dijera algo, atravesar ese chorro fuerte, pero ella nunca me decía nada, sólo una frase cuando llegaba a su casa desde el sur, una sola orden mientras me armaba la cama–nido en la pieza de alojados: aquí duermes tú, y yo me echaba en esa cama que no desarmó más, porque el alojado era siempre yo y me acostaba cada noche en mi cama–nido imaginando que era un loro como el Evaristo, un lorito verde descansando en su casa, y me quedaba despierto hasta tarde y entonces escuchaba sus voces, a la Consuelo peleando con el Rodolfo: hasta cuándo lo traes, decía él, me lo recuerda todo, todo, todo, es idéntico al Felipe grande, sólo le falta ese bigote, pero eso pasaba sólo algunas noches, otras veces veían tele hasta el amanecer o también tiraban, sí, unos chillidos bien agudos de la Consuelo y unos estertores del muerto–vivo, la cosa es que en esos días yo me estaba manguereando en la vereda y llegó la Ique a jugar conmigo y ahí nos pusimos a tontear: ella le quitó la manguera a la Consuelo y me empezó a tirar chorros muy fuertes, y a mí me gustaba, claro, porque me dolía y me imaginaba que era un sauce llorón, ella me regaba y yo me agachaba y la Iquela se paraba al lado mío y me pedía que me arrodillara, y entonces ella se ponía muy cerca y tiraba su melena sobre mi cabeza y caían sus mechas como cortinas, y para mí era lindo tener el pelo largo e imaginaba que era todo mío y cerraba los ojos pensando que los dos formábamos un mismo sauce, y en esos estábamos, jugando a la botánica, a la lluvia, a la peluquería, cuando ella se alejó de mí, se puso muy triste y me dijo: cáchate lo que me pasó, Felipe, mira esto, y levantó las manos bien altas y me mostró unos pelitos negros en el sobaco y después me dijo, mira, mírame abajo, y se bajó los calzones y había pelitos, yo los vi, y también yo me bajé los shorts y le mostré ahí abajo y los dos nos tocamos un rato y la Consuelo nos espiaba desde la casa y en realidad no sé qué pasó después, supongo que nos aburrimos, pero esa noche, cuando me acosté, la Consuelo entró a la pieza de alojados y me dijo: prohibido pasarse a la cama de la Ique, cabrito, como si yo quisiera dormir con ella, si nosotros habíamos acordado que seríamos choznos o que ella sería mi papá y yo su hija, pero pololos nunca, ¡claro que no!, si ni ganas nos dieron de seguir tocándonos, porque ni curiosidad fisiológica teníamos de cabros chicos, nacimos con el lóbulo de la sorpresa extirpado nosotros, si ni las cenizas nos sorprenden... bueno, un poquito, la cosa es que yo a la Ique le conozco hasta la sombra, pero a la gringa no, y esa gringa se las trae, porque ahora es ella la que se monta arriba sin polera ni sostenes, y tiene las pechugas blancas, eso imagino aunque no veo nada, porque mi aliento empañando el vidrio es negro y no veo más que las siluetas, los contornos de esos cuerpos que se arriman, unos gatitos huérfanos que se reconocen y se lamen, y sus pieles son suaves y suavecito es más rico, sí, y qué más suavecito que las pieles rozándose y la Ique metiéndose los dedos a la boca, los dedos húmedos tocándole las pechugas a la gringa, bajando y agarrándole las caderas, bajando y metiéndose adentro, sí, y se nota que a la gringa le gusta y a mí también, porque me calienta aunque la Iquela sea como mi hermana, mi chozna, mi papá, me caliento porque son cuerpos animales, cuerpos que se dan calor porque están solos, eso pienso y se me aparece mi perrito–hermano y los sauces llorones y el agua azotándose en mi espalda, y pienso en el estertor del muerto–vivo y en el hombre del río y en las plumas verdes sobre mi mesa y que suavecito, sí, y entonces sube el calor por mis piernas, el fuego trepa y es tirante, el calor insiste y yo lo rompo y las cenizas caen y las rompo y los recuerdos vienen y también los rompo y pienso que me podría ir, me podría romper a mí mismo y así irme, pero no, no me voy, porque si me fuera me perdería y ya tengo suficiente gente perdida, perderme nunca, eso sí que no.

( )

———

Tardé en incorporarme, pero la vibración del piso me permitió volver a mi cuerpo desvestido, los vasos de plástico rodando de un lado a otro de la carroza y un eco molesto en mi cabeza: Iquela. Los ojos abiertos, el techo gris y unos nudillos agitándose. Despierta, Iquela, salimos de Chile, decía Paloma irrumpiendo detrás de un vidrio que sólo un momento antes no existía. Me senté sorteando los rieles, me puse mi polera y me giré hacia delante. El camino era una estría gris entre las montañas. Felipe, en absoluto silencio, aceleraba el motor más allá de sus fuerzas. Sólo un pedazo de su cara asomó por el espejo retrovisor: una ojera abultada, una sola ceja, la sombra de un bigote que desapareció en cuanto atravesamos las puertas de un galpón.

La frontera no fue más que eso, un galpón amplio y sin luces, aunque bien pudo ser otra cosa: un control policial infranqueable, un alambre de púa, las huellas de un pulgar sobre un papel. O pudo ser también una pared altísima (una incalculable cordillera) que nos impediría cruzar de cuerpo entero, obligándonos a abandonar partes de nosotros mismos atrás: algunas palabras, por ejemplo; estaban prohibidas las cosas crudas al otro lado.

Pero eso es sólo lo que pudo ser, porque lo cierto es que la frontera fue una bodega abandonada y no mucho más. Felipe se detuvo para que yo volviera a sentarme entre ambos, sobre el cojín. ¿Ya se te quitó la pataleta?, preguntó, se ve que lo pasaron bien anoche. Paloma fingió que no había escuchado y yo no me molesté en decirle nada, perdida en el caos de ese salón (papeles acumulados sobre las mesas, trámites inconclusos en casetas vacías, gestos interrumpidos como el brindis de mi madre y las palabras que también habíamos dejado atrás). Porque la frontera, después de todo, fue un lugar para dejar atrás.

Algunos kilómetros más adelante, cuando las montañas comenzaban a perder altura, Paloma se acomodó en el borde de su asiento y se asomó por la ventana. Le pidió a Felipe que se detuviera, pero él aceleró todavía más. Estoy atrasado, rucia, aguántate. Paloma insistió. Miraba hacia el cielo, sorprendida o asustada. Tomó mi mano para que me arrimara a ella y también yo viera lo que sucedía afuera. Me senté a su lado, apropiándome de la mitad de su butaca, y me encaramé para ver qué pasaba. Poco a poco, de manera casi imperceptible, las cenizas se desvanecían frente a mis ojos. Un espejismo, una gran mentira. El cielo, antes oscuro, se quebró justo en el medio, y desde el interior, muy despacio, se insinuó primero el blanco, el celeste y luego un azul profundo, seguido por un golpe de luz que transformaría ese día y los siguientes: estalló el amarillo de los aromos, la tierra rojiza en los faldeos de la montaña, las copas de unos árboles verdísimos y frondosos. Felipe se acomodó sobre su asiento y aceleró hasta el fondo, huyendo de lo que nítidamente se abría paso sobre nosotros: un sol redondo y claro, un sol terrible.

Paloma tomó su cámara y sacó dos o tres fotos: a las cumbres de nuevo blancas, a un cartel que ya anunciaba la llegada a Mendoza. Le pidió a Felipe que manejara más despacio, era peligroso conducir así y no alcazaba a enfocar un solo árbol, pero él aceleró todavía más. ¿No estabas apurada?, dijo apretando el manubrio con todas sus fuerzas (nudillos rojos, rosados, blancos). Ese abanico de imágenes tan bellas, tan plácidas, me permitió entender la desesperación de Felipe. Tampoco yo sabía cómo mirar ese lugar.

Estacionamos la Generala frente a la plaza central de Mendoza y decidimos, sin discutirlo, sólo siguiendo el flujo de los autos y la gente, que también pasearíamos un rato. Como si otra versión de nosotros mismos hubiera quedado atrapada en la montaña, caminamos desconcertados por esas veredas demasiado anchas: ferretería, farmacia, confitería, verdulería, ferretería otra vez. Felipe seguía las pocas sombras que ofrecía el sol sobre el cemento (el único mapa legible sobre el suelo), mientras Paloma nos animaba unos metros más allá, indicando posibles almuerzos y hoteles, entreverando sus dedos en su pelo hasta limpiarlo de los últimos vestigios de polvo.

Entramos a un restaurante después de vagar durante varias cuadras y pedimos sándwiches y cervezas.

Mientras esperábamos me distrajo la televisión, un antiguo aparato colgando de un entramado atornillado al techo. Transmitían las noticias internacionales, Providencia con Salvador.

Me paré para ir al baño y caminé por un pasillo que separaba dos ambientes. Al final del pasillo un cable enredado, un auricular brillante de grasa y una guía comercial desmembrada, me invitaron a acercarme como a un tesoro. Me detuve indecisa entre el teléfono y el baño, esperando que el azar definiera si hablaría o entraría. El sonido de la cadena me inclinó por el teléfono y le pedí un par de monedas a la mesera, una mujer atestada hasta los codos de platos sucios, pero suficientemente hábil para indicarme dos monedas abandonadas en el frasco de las propinas. Me paré frente el teléfono sin atreverme a espiar a mis espaldas (la pantalla, las cenizas, las miradas), e imaginé, a la par de los tonos de la espera, las acciones desplegadas en la casa de mi madre: (un tono) un sobresalto, (otro tono) una duda, y luego los segundos que ella tardaría en ponerse de pie, en salir de su pieza, en contemplar el teléfono con temor, con deseo, como quien considera si lanzarse al río o seguir paseando por el puente. Y después imaginé que ella contestaba y escuchaba con atención, y que cada palabra que yo decía, cada frase que atravesara el restaurante, las calles, la cordillera, quedaba para siempre al otro lado, impronunciable para mí. Cada oración que ingresara a la casa de mi madre se extinguiría. Imaginé qué iba a decirle (otro tono), cada una de las frases de las que podría deshacerme (otro más), pero no pude pensar en ninguna y como no hubo respuesta, corté.

Volví a la mesa y sin darme cuenta quedé hipnotizada por la televisión, envuelta en esa inquietud que ofrecían las transmisiones de los terremotos o las lluvias torrenciales. Paloma y Felipe discutían airados, dos cervezas menos sobre el mantel. En cuanto me senté, ella quiso que elaboráramos un plan (*elaborar*, dijo imitando el castellano de los dibujos animados). Hagamos esto rápido, agregó lanzándome una mirada cómplice que yo no supe devolver. Encontrémosla y relajémonos unos días. Felipe dio un tarascón descomunal a su sándwich. ¿Ahora te urgiste, gringa? Tengo todo listo, dijo matando los restos de su cerveza.

Paloma quería ir al consulado de Chile. Ahora mismo, paguemos y vamos de una vez. Durante el viaje casi no había insistido. Como si el tránsito permitiera otras ideas (pensamientos perdidos a la deriva), Paloma había viajado con calma y sólo al detenernos su urgencia reapareció. Le dije que debía ser paciente, no parece que alguien vaya a interrumpir su siesta porque perdiste un ataúd, comenté sorprendida por mi pesadez, queriendo explicarle que el viaje, para mí, no era más que el cruce y ahora no sabía qué hacer con tantas horas por delante (sesenta segundos exactos que perder). Ella sonrió con un dejo de ironía y no tardé en darme cuenta de que había perdido la discusión antes siquiera de empezarla.

Una casona venida a menos, la fachada sucia y una bandera lacia a media asta (la estrella visible e invisible, ese

151

agujero blanco perforando un falso cielo azul), coincidió con mi idea de un consulado en la provincia. Una reja institucional, castrense, verde oscuro, clausuraba la única vía de acceso y frente a las puertas un guardia resistía los reclamos de decenas de personas agolpadas frente a él. Las comunicaciones con Chile se habían cortado y ellos aguardaban día y noche para saber de sus parientes de Limache, sus primos de Los Andes, sus sobrinos de Talagante y sus hijos de Maipú. Querían averiguar qué había sucedido con sus hermanos en Río Bueno, en Temuco, en San Bernardo. Qué angustia, dijo una señora enarbolando un pañuelo de papel, ¿no tiene corazón acaso, joven? El guardia le indicó un cartel que colgaba a su derecha: «A los familiares de las personas afectadas por la situación en Chile (eso decía: *la situación*), favor de regresar al consulado en horario hábil. Se agradece la comprensión, muchas gracias». Pero nadie se movía de ahí. Todas esas mujeres y hombres esperaban impasibles frente a la casona (y por un segundo creí que caerían cenizas sobre ella). Allí estaban los esperadores otra vez: compartiendo un sándwich, una manzanilla, compartiendo sus larguísimos lamentos. Padres cada vez más flacos agitando sus puños en el aire, rodeados de un halo de resignación, tal vez de hartazgo. Y las madres, mayoritarias, esas mujeres estoicas desafiando al guardia con sus vozarrones graves, casi aullidos, madres de labios delgados, mujeres de uñas mordidas acompañándose para aguardar juntas, sosteniéndose del brazo, desesperadas, sacrificiales (y al alejarme escuché el teléfono rugiendo en esa casa: Iquela, esto lo hago por ti).

Convencí a Paloma de que no podríamos hacer nada: no estábamos en horario hábil y nuestra única opción sería regresar en la mañana (los conductos regulares, Paloma, los formularios). Le hablé decidida, aunque en realidad sólo pude pensar en el cartel, los teléfonos cortados, en mi madre y su inundación anegando la puerta de la casa. La imaginé discando una y otra vez el número de mi celular para llegar a un invariable fuera de servicio, y quise llamarla otra vez, marcar su número y decirle Consuelo, soy yo, no te la llevo, no sé dónde está Ingrid, mamá, perdóname, no sé dónde buscar esas cosas tuyas, de otro tiempo. Y después pensé decirle a Paloma que nos quedáramos unos días en Mendoza, que perdiéramos noches, semanas, vidas completas, que nos olvidáramos de todo. De absolutamente todo. A la vez, sin embargo, anhelé lo contrario. Con la misma intensidad, quise volver (retornar, repatriarme).

El resto de la tarde caminamos por calles repetidas. Paloma parecía resignada a esperar y Felipe avanzaba junto a ella para evitar quedarse a solas conmigo, como si la discusión de la noche anterior siguiera latente y bastara un descuido para que se encendiera otra vez. Yo, en cambio, iba hundida en mis pensamientos. No eran las cenizas las que se me antojaban ficticias, sino su ausencia: las veredas limpias, el cielo azul, el maldito sol como una costra empotrada al medio.

Casi al caer la noche, cerca de la Plaza del Castillo, decidimos probar suerte en un hotel. Un edificio elegante en un pasado no tan remoto, un esplendor del que subsistían dos macetas de mármol en la entrada y escalinatas cubiertas por una alfombra ahora desteñida. Se llamaba Mendoza In (así, con una ene) y a primera vista lo creí semivacío. La recepción consistía en un salón amplio y una mujer sentada detrás del mostrador, examinándose las uñas. Llevaba el pelo corto, rapado a un costado, y tenía las uñas mordidas y pintadas de negro. A sus espaldas se extendían los casilleros de veinte habitaciones, cada una con su llave colgada de un gancho. Felipe y yo nos paramos frente a ella y esperamos (dieciséis llaveros, un espejo trizado).

Tenemos habitaciones triples, matrimoniales, dobles y sencillas, dijo la mujer sin dejar de inspeccionar sus uñas. Su voz me sonó familiar. ¿Les puedo ayudar en algo?, insistió y ese tono lento y grave me llevó lejos, a la voz también grave de quien ha fumado mucho y gritado demasiado. Me remontó a tener frenillos y pecho plano, a ver la camioneta blanca frente a la casa, entrar con el jumper sucio y aureolas de sudor en las axilas y encontrar a la abuela de Felipe sentada en el sillón junto a mi madre, diciendo, mientras me miraba de arriba abajo, sus manos arrugadísimas envolviendo una taza de té: ¿así de grande está la Iquela? (su voz calculando paréntesis que no abrigaban, no acogían palabra alguna). Contesté que sí, claro que era yo. Ella terminó de escudriñarme y le dijo a mi madre que yo todavía parecía un niño. Y yo de pie, sonrojada pero sonriendo, esperando una instrucción, un gesto, que mi madre me protegiera con una frase cómplice. Pero mi madre, sin fijarse en mí, asintió. Consuelo, con los dientes apretados y las manos empuñadas, dijo que desde luego que yo parecía un niño, Elsa, todos son unos pendejos. Y Felipe un poco más lejos, esperándome en la pieza de alojados, sentado sobre la alfombra de lana para quedarse un poco más de tiempo con nosotras. Un par de meses, anunció su abuela Elsa aquella vez, pero fue Felipe quien habló: un par de noches, muchas gracias, y pidió dos habitaciones, dándome un golpecito en la cabeza. Deja de pensar huevadas, Iquela. Porque debo haber puesto cara de lista o de inventario o cara de no estar o de estar pensando huevadas, que era lo mismo.

Paloma quiso saber qué había pasado. Se acercó arrastrando su maleta, preparada para subir a la pieza y esperaba atenta una explicación a la sonrisa burlona de Felipe, que no dudó en contestar por mí. No le pasa nada, dijo, salvo que está más pegada que la gotita.

Sólo alcancé a sentir que reaccionaba mi piel, la piel que envolvía mi cara contestaba que el obsesivo era él y no yo, que escaparse no servía para nada. Pero mis palabras quedaron prendidas entre mi pecho y mi garganta, transformadas en un ovillo áspero, un atasco insalvable, como si la mujer de las uñas negras las hubiese trabado con sus ojos, los mismos que ahora nos observaban extrañados o curiosos desde el otro lado del mostrador, atentos mientras Felipe se empinaba a un tono más agudo para decirme: ya estará pensando en su mamá, su mamita, mamuchita, mamushka, mamaíta, mamoncita.

Fue sin querer que brotaron entonces las palabras crudas que debí haber abandonado al otro lado de la frontera. Sin intención nacieron desbocadas, sin filtro se me escaparon chorreando, manchándolo todo. Eso me pasó, o al menos eso creí, porque no me importó nada. Mira quién habla, le dije a Felipe moldeando cada sílaba con mi rabia. Felipito, el livianito de sangre, el desapegado. Y Felipe, con sus ojos negros, con la mirada apretada como la de su abuela, la de mi madre, como era tal vez la mirada de sus propios padres, preguntándome: ¿qué quiere decir la hija pródiga? Y mis frases descontroladas, resbalosas, esparciéndose como aceite, como grasa, como lava que sí quemaba, que sí dolía: quiero decir que tú no tienes que abrir la boca para que se te note. Eso le dije: para que se te note, Felipe, y enseguida las demás palabras se replegaron arrepentidas (uñas negras galopando sobre el mármol, pétalos podridos desprendiéndose de los dedos). Paloma se acercó preocupada, lejos del escepticismo de la noche anterior, intentando interponerse entre nosotros, separarnos con letras líquidas y frías, palabras a salvo que sólo dolieron más adentro: ¿qué cosa se le nota?

Bajé la vista al suelo. Nunca hablábamos de eso. Era un pacto de niños, de él y yo sentados sobre la alfombra pretendiendo que jugábamos, fingiendo que en realidad no las oíamos, que en el living no pasaba nada, mientras mi madre y su abuela discutían a los gritos y nosotros las escuchábamos sin querer, sin querer saber que mi madre lo tenía que cuidar como una deuda: es lo mínimo que me debes, había dicho su abuela Elsa, esto es culpa de ustedes, Consuelo, por andar jugando a la guerra le pasó esto a mi Felipe, algo habrán hecho los que siguen vivos, sí, algo hicieron todos ustedes. Y mi madre explicándole que no tenía culpa alguna, no entiendes, Elsa, fue terrible, fue un error, y el error ni siquiera fue de ella, el error había sido de mi papá (de Rodolfo, de Víctor, Víctor se había equivocado), porque soltó dos palabras cuando se lo llevaron preso, dos palabras que, como una traducción equivocada, un tropiezo de la lengua, transformaron todo lo que pasaría. Dijo Felipe Arrabal, con nombre y apellido, dos palabras para borrar un cuerpo, pero eso Felipe no lo sabía y se suponía que yo tampoco y tal vez ni siquiera importaba o al menos eso queríamos creer y nos prometíamos no hablar, nos jurábamos olvidarnos, no recordar nada de ese pasado que no habíamos vivido pero que recordábamos con detalles demasiado nítidos como para que fuera mentira. Y ahí estábamos él y yo, mis palabras me habían traicionado y yo ya no podría recogerlas (nombres, apellidos, vocales afiladas que se clavan en los pies).

¿Qué cosa se le nota?, escuché otra vez.

Felipe se acercó a Paloma, y dejando no más que un centímetro entre su nariz y la de ella, le dijo en una burla: que estamos todos muertos, gringa, muertos–muertos, y tomó una de las llaves que esperaba sobre el mesón y subió las escaleras rapidísimo, de dos en dos, de tres en tres, riéndose fuerte, usando la risa que ocupaba para no llorar, o tal vez no, tal vez riéndose a carcajadas y la que quería llorar era yo.

(esto lo hago por ti esto lo hago por ti esto lo hago por ti esto
lo hago por ti esto lo hago por ti esto lo hago por ti esto lo
hago por ti esto lo hago por ti esto lo hago por ti esto lo hago
por ti esto lo hago por ti esto lo hago por ti esto lo hago por
ti esto lo hago por ti esto lo hago por ti esto lo hago por ti.)

3

—

Se te nota... no se te nota, ¿de cuándo tan opinante?,
ahora que se toquetean andan achoradas estas dos,
opinando como si les pagaran por letra, cuando en realidad lo único que hacen es entorpecer mis cálculos,
porque esto no es una luna de miel, no señor, yo estoy
trabajando, averiguando si acá hay muertos para restarlos,
pero con este aire tan claro me confundo, se me oscurece
la mente con una niebla turbia, por eso enfoco todos los
ojos de mi cara, para atravesar la camanchaca mental y
ver si hay algún muerto perdido, porque pueden estar en
cualquier parte, en el polen de las hortensias, en las es-
pinas de los cactus, en los cristales de sal en el desierto,
por eso salgo a caminar por Mendoza, a ver si logro
ventilar estas ideas negras: que se me nota, que no, a
quién le importa si la única pegada es ella, más enterrada
que un clavo está la Iquela, en cambio yo siempre en
movimiento, caminando y observando a mi alrededor,
porque el tiempo es traicionero como la Iquela, empecinada en que no se le note, cuando en realidad se le sale

la furia por los ojos, sí, por eso yo le dije cuando chico que caminara con la vista pegada al suelo, que le evadiera la mirada al muerto–vivo, que no escuchara tanto a su mamita, que hablara con los quiltros y las loicas, porque yo aprendí a leer las mentiras en las córneas y no en las bocas, y es que los labios son muy lisos y las cosas lisas no me gustan, por eso me entrené para descifrar la rabia en las pupilas de los quiltros y las vacas, esas vaquitas sureñas con sus ojos grises, porque no eran blancos y lisos esos ojos, no, eran unas escleróticas plomizas y resbalosas, idénticas al ojo que me trajeron en la clase de biología, un ojo con mal olor pero con una mirada a la que sí se le notaba todo: la coroides, la fóvea y el punto ciego, sí, ese ojo maravilloso que nos trajo el profesor una mañana, uno para cada uno, nos dijo a la Iquela y a mí, a la Iquela que entonces no andaba tan chorita, más sola que la una andaba, si con suerte se le acercaba una niña en el colegio, una bien bajita que le clavaba la uña en la mano, su amiga la rascadora, y ahora anda con la pluma parada jurándose importante; antes era distinta, por eso me senté con ella, porque se lo había prometido y lo prometido es deuda y las deudas se pagan, me quedé al ladito suyo en la sala de clases, cada uno esperando su propio ojo, pero cuando por fin llegó el momento el profesor dijo que lo lamen- taba, lo sentía tanto, pero no había suficientes ojos, nunca hay suficientes ojos, por eso tuve que compartirlo, un ojo por cada pareja, anunció el profesor, y yo me enojé pero después me tragué toda mi rabia, porque ahí estaba después de todo, en medio de esa sala enorme, encima alógenos, golpeándose entre ellos, campanadas agudas y terribles, sí, y a ninguna de esas vacas se les notaba la pena en sus ojos redondos, no se les notaba la pena ni el miedo, por eso seguí mirando y ahí aparecieron las partes: los pedazos colgando boca abajo, piernas, cuellos, patas descueradas, los horribles trozos de ella misma, costillas, pezuñas, y seguí viendo pese a todo, pese al asco y al miedo seguí observando ese ojo, porque la vaca y yo no habíamos visto cosas tan distintas, eso pensé tocando la esclerótica y sus constelaciones rojizas, sus venas esqueléticas y su iris surcado por cicatrices, y entonces levanté mis ojos y vi a Iquela como hipnotizada, agarrando el bisturí y sacando con cuidado el cristalino, diciéndome que tocara el nervio óptico, cáchate cómo se siente, decía, y a escondidas se sacaba los guantes para tocar lo blando y olerse los dedos, eso hacía la Iquela, yo la vi, se olía los dedos y después se los chupaba uno por uno mientras yo miraba para todos lados y desprendía la córnea y me la robaba, eso fue lo que hice y nadie me vio, y el profesor nos puso un cuatro por cochinos, y en la noche, cuando se durmieron la Consuelo y el muerto–vivo, entré a la pieza de la Iquela y le mostré la córnea, Ique, cáchate lo que te traje, es nuestra, para ti y para mí, para que siempre veamos lo mismo, aunque estemos lejos, miti y mota, le dije mostrándosela como un tesoro en la palma de mi mano, pero ella dijo que no, nica, qué asco, y no quiso compartirla, por eso no vemos lo mismo, porque la Iquela tiene un solo par de ojos café oscuro, unos ojos que sólo ven a su mamita, mamaíta, mamoncita, y me dice a mí que se me nota, bah, yo soy el único que hace cosas útiles aquí, cosas imprescindibles como encontrar muertos y restarlos, cómo se me va a notar la pena con tantos ojos, porque todo el mundo lo sabe: uno duele por los ojos y yo tengo cientos, millones de ojos, porque aunque la Iquela no quiso compartir la córnea, a mí no me importó y me metí solito al baño, tranqué la puerta con llave, saqué la córnea y la apoyé blandita sobre la punta de mi lengua, eso fue lo que hice, porque quería ver lo que tenía adentro, porque yo no sentía nada, no, y lo que uno siente se guarda adentro, por eso saqué mi lengua con la córnea y me miré un rato en el espejo, y desde la punta de mi lengua vi la mitad de mi cara y la mitad de todo lo que yo había visto alguna vez: eran mis quiltros huachos y cada una de mis flores decapitadas, los pétalos, los sépalos y los estambres en el suelo, eran las gallinas resucitando y cientos de huesos en hoyos negros, eran las loicas, las nalcas y las restas sin terminar, era mi abuela Elsa y Don Francisco y mi mamá muriéndose de nuevo, y también mi papá pero no entero, no, eran sus partes, partes, partes, y a mí las partes no me gustan, por eso al final me la tragué, así nomás, sin agua, y la córnea bajó por mi garganta y era salada y veía paisajes en el camino: veía las paredes blandas de mí mismo, se columpiaba triste en mis curvas viscosas, navegaba por mis aguas rosadas, y veía caca y coágulos y músculos desgarrados, y veía también las ideas perdidas, ideas de la noche acurrucadas para esconderse del día, y después vino el negro y diluirse, porque la córnea se pulverizó y se transformó en millones

( )
———

Ocurrió poco después de que enterráramos a mi papá, cuando me pasaba las tardes junto a mi ventana, imperturbable, respondiendo una y otra vez que me sentía perfectamente bien. Felipe y yo íbamos al mismo colegio ese invierno y en la espera de un recreo, pocos minutos antes de que sonara el timbre para entrar a clases, él se quedó quieto y mudo, la mirada en unos niños que jugaban a pocos metros de nosotros. Era su idea y me la repitió infinitas veces: coleccionemos costras, Iquela, necesitamos una herida real, un rasmillón para que el otro dolor encuentre albergue. Elige a cualquiera, Ique, dijo señalando a un grupo de niñas que saltaban la cuerda. Escoge a una y pégale fuerte, insistió apuntando su mano como una pistola e indicando a un chico gordo y colorín que jugaba de arquero y no dejaba de sudar. Quiébrale la nariz, Iquela, sácale los ojos de las cuencas, entiérrale alfileres bajo las uñas. Cierra el puño, cierra la mente y pega nomás. Y no te preocupes, dijo susurrándome al oído, martillando cada sílaba de esa frase: es un reflejo defenderse y seguro te van a pegar más fuerte a ti. Yo le expliqué que no me interesaba pelear, no sabía pegar combos y además me sentía bien (nada, no sentía nada). No pude convencerlo. Felipe me miró como si me viera por primera vez y para siempre, como un desconocido, y no dijo una sola palabra más. Tomó impulso y cerrando esos ojos (cerrando la boca, cerrándose entero) me empujó con todas sus fuerzas y caí al suelo (el sorprendente suelo bajo mi espalda). Mi cabeza chocó contra el cemento. Mis manos se rasmillaron en el asfalto. Oí el ruido seco de mi espalda contra el piso. Abrí los ojos. En un círculo, las caras excitadas de decenas de niños: el colorín riéndose a carcajadas, tres adolescentes apuntándome con sus dedos, dientes minúsculos, uñas sucias, gritos anunciando una pelea cerca de mí, sobre mí, sobre mi cuerpo, porque Felipe se abalanzó encima mío y mirándome con esos ojos ciegos me pegó como nadie nunca me había pegado. Me tiró el pelo con todas sus fuerzas. Sus rodillas se enterraron en mi estómago. Su puño se hundió en el medio de mi pecho. Sólo después de unos segundos despertaron mis reflejos. Forcejeé desesperada hasta librarme, hasta conseguir que sus puños se abrieran y sus rodillas cedieran, y cuando por fin logré moverme, respiré hondo (tierra, mocos, miedo), respiré profundo, me giré y usando todas mis fuerzas (unas fuerzas desconocidas, peligrosas), me arrastré sobre él, lo sostuve contra el piso y con los ojos abiertos, sin pensar en lo que estaba haciendo, moviéndome como me había dicho él, rápida y vacía, le pegué como sólo

168

se golpea a alguien que uno quiere. Le tiré el pelo y le rasguñé los brazos. Enterré mis uñas en su cara. Mis rodillas en su entrepierna. Mis dientes en su hombro. Le pegué hasta no sentir más que un dolor agudo y una pegajosa humedad en las palmas de mis manos, en toda mi cara caliente y sucia. Él no se movió en ningún momento. No era verdad lo que me había dicho: no era un reflejo defenderse. Felipe permaneció quieto y con los ojos abiertos, disfrutando, como si al recibir mis manotazos y mis escupos él se sintiera menos solo. Mecido por mi rabia, cubierto de tierra y sangre, respirando muy despacio, Felipe sonreía. Nadie nos separó. Sólo el cansancio, después de mucho, me obligó a detenerme y caí a su lado: el dolor quemando los nudillos de mis manos y un arrebato de tristeza incontenible. Nunca hablamos de esa pelea, pero algo se selló en ese instante, en la larga pausa en que él y yo recuperamos el aliento boca arriba, los demás niños alejándose defraudados y las ramas de unos árboles rojizos meciéndose sobre nosotros. Y ahí, encerrados en la carroza, en esa carroza que era de pronto nuestra casa rodante, en ese simulacro de búsqueda que nos unía una vez más, una última vez al acecho de esa muerta, acelerando para huir de ese cielo terriblemente azul y escuchando el murmullo lejano de las hojas, un vértigo muy parecido barrió conmigo.

Al acercarnos a la zona de cargas y descargas del aeropuerto, después de una mañana de silencio o de fingida tregua, vi a un guardia custodiando el acceso a la pista de aterrizaje. Vestía un overol anaranjado, gorra negra y usaba unas enormes orejeras que lo protegían del ruido de las turbinas. Esperaba junto a una barrera de metal, que levantó para permitir el paso de un camión de combustible y cerró en cuanto nos vio venir por la ruta. Un cartel advertía que no sería fácil persuadirlo: *área restringida, sólo personal autorizado.* Felipe se detuvo y Paloma me pidió que yo hablara con él; ella estaba demasiado nerviosa y, mal que mal, la idea del aeropuerto había sido mía.

El hombre me inspeccionó de arriba abajo; una mirada que me obligó a buscar alguna señal (una palabra cruda pegada a mi boca), y no se dio el tiempo ni para un saludo. Con la mayor naturalidad posible, aunque con una sonrisa tiesa, le pregunté dónde guardaban la carga de los vuelos cancelados (porque carga me pareció mejor que decir restos, cadáver, muerta, Ingrid). Él tardó mucho en decir algo. Sólo por salvar la incomodidad seguí adelante. Le advertí que la situación de las cenizas ameritaba cierta urgencia y que la hija había viajado nada menos que desde Alemania. Él se acarició el mentón y frunció el ceño. ¿Qué situación? (su tono desafiando la explosión de los motores). Las cenizas de Chile, contesté alzando mi voz (una voz inaudible). ¿Cómo?, y sacó del bolsillo de su overol un paquete de cigarros, dejándose envolver por una nube de humo que me pareció una mala broma después de cruzar la cordillera. Insistí en que habíamos viajado para eso, para recoger los restos de una mujer, de Ingrid, dije y me sorprendió mi traspié, mi duda, un vacío que Paloma no tardó en corregir. Ingrid Aguirre, aclaró encaramándose en la ventana de la carroza.

Aguirre.

Hasta ese momento no había tenido apellido. Las historias hablaban de Rodolfo, Consuelo, Ingrid, Hans, o de esos otros nombres, esos dobles de nuestros padres antes de que fueran nuestros padres: Víctor, Claudia, nombres sin raigambre, sin descendencia ni apellido. Y eso les daba un aire ficticio, una cierta liviandad que permitía creer por un instante, por una fracción de segundo, que todo había sido una gran mentira. Sólo personajes de novela podían tener un nombre propio y nada más. No podía existir un Víctor o una Claudia. Ingrid Aguirre, en cambio, sí se había muerto.

La mirada del guardia me hizo sentir miedo. Temí que nos dijera dónde estaba, que indicara un ataúd en medio de la pista de aterrizaje (un féretro errando por hangares vacíos). Tuve miedo de encontrarla y tener que volver a Chile, avisarle a mi madre que sí le llevaba a su amiga, a su compañera, a su Ingrid Aguirre. El hombre estiró uno de sus brazos (y creí que su dedo indicaría el lugar, el final). Los papeles, dijo extendiendo su palma hacia Paloma, que asomaba medio cuerpo por encima de Felipe. ¿Trajeron el formulario? Y yo recordé entonces el procedimiento establecido, los conductos regulares, el reglamento para repatriar restos mortales de un occiso. No teníamos ningún papel y sin papel no habría muerta. Eso dijo el hombre: no les puedo dar ninguna información, y cerró su puño y la barrera de entrada al aeropuerto.

Felipe refunfuñó irritado. Esto es lo último que me faltaba, dijo golpeando el manubrio. Paloma exclamó

Scheiße y quedó enterrada en el cojín. Yo me esforcé por disimular mi alivio y sugerí que volviéramos cuanto antes a la ciudad. No tenía sentido molestar al guardia, que a esas alturas agitaba su mano para que retrocediéramos y despejáramos la entrada de una vez.

Regresamos al centro y caminamos por Mendoza sin saber qué hacer. La gente paseaba perros, paseaba hijos, paseaba perros e hijos al mismo tiempo (sin cenizas ni madres muertas ni otras que no atendían el teléfono). Todo parecía sospechosamente normal, aunque Felipe seguía sin hablarme y Paloma deambulaba cabizbaja, recuperando de pronto su calidad de doliente, en ese duelo del que entraba y salía entre la incredulidad y el desconsuelo. A lo mejor a esas alturas ya se arrepentía de haber viajado a Chile en lugar de haber enterrado a Ingrid en Berlín, en un cementerio donde el suyo habría sido un apellido especial, donde sería fácil reconocer su lápida entre las otras. O tal vez lamentaba no haberla cremado y haber traído consigo las cenizas en el avión. Quién sabe. Cenizas con cenizas habría sido demasiado.

Sólo yo pude disfrutar la caminata. Pasaríamos al menos otro día en Mendoza (otra mañana sin teléfonos, ni diluvios, ni ocho cuadras y media por recorrer), así que crucé animada de una calle a otra, comentándole a Paloma el ancho de las veredas, tan amplias para una ciudad tan chica, y las micros y las tórtolas y los álamos y las tiendas. Imposible distraerla. Ni siquiera cuando intenté abrazarla conseguí mucho más que una sonrisa acartonada que me desanimó enseguida.

Atravesábamos la entrada del Parque San Martín, unos portones de fierro monumentales, cuando me acerqué a Paloma y, con un tono acongojado, me lancé en un último intento. Le dije que tal vez su madre se había perdido, que quizás, sólo quizás, no sería posible enterrarla en Santiago, tendríamos que esperar a que escampara para seguir intentándolo. Paloma se apartó de mí y me dejó unos metros más atrás (y conté tres palomas abandonando un ciprés viejo y deslucido). Sólo con el atardecer, después de más de una hora vagando por el parque, Felipe interrumpió la ridícula ley del hielo que lo tenía mudo desde la noche anterior y sugirió que fuéramos a algún bar. No estoy para perder el tiempo, dijo, además el aire está raro, ¿no lo sienten?, su mano espantando insectos imaginarios. Hay demasiado, contesté y él asintió. Demasiado aire, eso es, y se acercó a una mujer que fumaba a la salida del parque. Sus labios pintados de un rojo opaco, casi negro en la repentina oscuridad, le daban un aspecto sombrío, y su boca se desprendía de esa cara cada vez que daba una calada (los labios quedaban en el filtro: mujer con boca, mujer sin boca). Felipe le pidió un cigarro con una sonrisa coqueta, pero le sirvió de poco. Ella se negó y nos indicó una puerta donde dijo que nos venderían cualquier cosa que necesitáramos.

La puerta de madera nos condujo a una segunda puerta, esta vez de metal, un portón de lata abollado a la altura de los pies, de las patadas. Del otro lado, escondido, iluminado por una luz tenue y expeliendo el olor agridulce de la cerveza pegada al suelo, apareció un tugurio donde parecían ser las tres de la mañana.

El barman nos interrogó mientras servía los tragos. Tomó una botella de la estantería que se encumbraba semivacía a sus espaldas y, sin mirar el vaso, vertiendo el whisky de memoria, nos preguntó si acaso éramos chilenas, en qué andábamos, dónde estaban nuestros novios, tan bonitas, qué desperdicio. Paloma se apuró en aclarar que ella era alemana y no dijo mucho más. Se alejó en dirección a una mesa de pool y me indicó que la siguiera. Allí nos tomamos el primer whisky, mientras definíamos si jugar una partida o contemplar a Felipe, que ya encaramaba medio cuerpo sobre la barra y se enredaba en una discusión con el barman. Hablaban a los gritos, se reían, el tipo le traía distintas botellas que Felipe olisqueaba con sospecha. En un momento se estrecharon las manos y el hombre le entregó un paquete de cigarros y una botella de aguardiente. Felipe se sirvió un vaso, lo rellenó dos veces y caminó hacia Paloma, ofreciéndole la botella directamente en la boca. Te dedico este tema, dijo quitándole la cámara de fotos que yo no había visto colgando de su cuello.

Reconocí la percusión de esa canción. *Cerca, muy cerca*, y noté que una mujer nos escudriñaba desde la barra. Recordé sus uñas negras, que ahora galopaban sobre el mesón. *Quiero el fin del secreto.* La saludé sonriendo. Observaba a través mío, algo a mis espaldas: Felipe, pálido y serio, sobreactuando una borrachera, cantaba o más bien gritaba la letra de la canción, jugando con el zoom de la cámara.

Mi acero inolvidable, decía él aplacando la voz del vocalista. Se acercó a mí y me habló a los gritos, como si todas las voces de su cabeza se hubieran alborotado y él intentara imponer la suya sin éxito. *Somos adictos.* No recuerdo lo que dijo. *A estos juegos de artificio.* Sólo sus manos sosteniendo mi cara, llevándola hacia la suya, empujándome hacia él y la música fuertísima, borrando sus palabras aunque su boca se moviera frente a mí. Supuse que hablaba de nuestra pelea, pero ya no importaba. Da igual, Felipe, grité deshaciéndome de sus manos frías y tomando varios sorbos de aguardiente. Ya no importa, repetí y vi que se acercaba a nosotros la mujer de las uñas negras, abordando a Felipe con su cuerpo, rozándolo y luego tomando la mano de Paloma para decirle algo al oído. Paloma bailaba con los ojos cerrados en el medio del bar, sus brazos levantados, sus caderas oscilando. *Lo que seduce nunca suele estar.* Me acerqué a ella aparentando más entusiasmo del que tenía, intentando contagiarme con sus pasos, pero fue imposible. Ella bailaba a destiempo, no al compás de la música sino a un ritmo secreto, interior. *Nunca suele estar... donde se piensa.* La mujer se alejó hacia la barra y yo sentí la mano de Paloma sujetando mi muñeca, la vi sostener el brazo de Felipe, arrastrarnos hacia ella. Salimos del salón y cruzamos un pasillo. *Luz, cámara y acción.* Paloma trabó la puerta a nuestras espaldas y encendió una luz muy blanca; una luz de interrogatorio.

La melodía se alejó de nosotros y nos encontramos encerrados en un baño mínimo, un olor espeso y corporal. El basurero rebalsado, el empapelado cubierto de grafitis, restos de caca en una taza sin tapa y una gotera enloquecedora en el lavatorio. Paloma dijo que nos tenía una sorpresa (una sorpresita, dijo encogiendo su secreto) y abrió su mochila muy despacio, un brillo malicioso en sus ojos. Sacó un objeto redondo y acolchado de su bolso: una bola azul marino, un ovillo de calcetines gruesos. Felipe y yo nos miramos. Paloma saboreaba la atención, una sonrisa amplia le tomaba la boca y toda su cara, revelando unos dientes pequeñísimos que me parecieron gastados y el aro plateado en medio de su lengua. Tomó con delicadeza ese ovillo azul, y ahí, entre nosotros, lo abrió solemnemente, como en la multiplicación de los panes, hasta que del centro brotó un objeto plateado, una botellita muy chica; la miniatura de una botella. *Lo que seduce nunca suele estar donde se piensa.* Felipe se la arrancó de las manos. ¿Y esto?, la botella moviéndose en círculos, formando un remolino idéntico a un enorme tornado. Un remedio de mi mamá, dijo ella, pero yo escuché otra cosa, no oí remedio, escuché veneno, un veneno de su mamá, y la botella quedó sobre la mano de Felipe (el líquido girando en un espiral enloquecido).

Felipe le preguntó qué remedio era, qué hacía, intentando descifrar el alemán de la etiqueta, su círculo rojo tarjado en señal de peligro. Paloma no contestó. Me miró con soberbia, entornando los párpados como había hecho tantos años antes y le quitó la botella a Felipe. La levantó, brindó en el aire y sin que se formara una sola mueca en su cara, se tomó más de un tercio del líquido. *Prost*, dijo al terminar. Un remedio de su mamá. Un veneno que había traído al funeral queriendo deshacerse de todo, no dejar un solo resto de su madre; o no, quizás lo había robado antes de que Ingrid se muriera, para brindar, para curarse con ella. Felipe le arrancó la botellita de las manos, cerró los ojos, bebió dos sorbos y me la entregó. La botella seguía tibia y el líquido aún giraba sobre su base. La acerqué a la punta de mi nariz, un aroma inocuo, olor a nada, olor a Santiago, y sin pensarlo me tragué lo que quedaba, los restos, eso fue lo que tomé: unos restos dulcísimos que encubrían un resabio de amargura, una aspereza que me estrió la boca y me cerró los ojos con violencia.

Nada los primeros segundos. Un estado de equilibrio entre las cosas. Le pregunté a Paloma de qué tipo de cáncer había muerto su mamá. Ya vas a ver, dijo ella, pero ahora hablaba otra persona (una voz envuelta en lana). Esperen un minuto y van a saber qué tipo de cáncer. Un segundo que se perdía y otro y otro más. Leí los garabatos en las paredes. *Pequi, te amo. ¿Qué estás mirando? Rajá de acá.* Quería averiguar la enfermedad para anticiparme a su antídoto: qué se tomaba para curar a las células confundidas, desencajadas. Quería saber de qué quería curarnos Paloma. *Rajá de acá.* Qué se bebía para contrarrestar cada una de esas células invasoras. *¿Qué estás mirando?* Entonces, repentinamente, algo pasó con las paredes, con el olor, con la intensidad de la luz.

La punta de mis dedos. La misma sensación de esas mañanas cuando ciertas partes de mí no querían despertar. Mis yemas entumecidas, mis manos, mis muñecas, un ligero mareo. Los brazos, después mi cuello, mi pecho. Mi cuerpo fue replegándose, despegándose de mí misma, o quizás fui yo quien lo abandonó para flotar unos centímetros más arriba. ¿Rico, ah? Una corriente tibia calentándome, borrándome. La cagó gringa, te pasaste. La sangre más lenta y espesa, los colores brillantes. Los colores. Cáchate los colores, gringa. Debió haber tenido cáncer de todo (cáncer de párpados, de tímpanos, de uñas). Le dije a Paloma que no sentía nada, pero cuando hablé escuché otra voz desprendiéndose de mí. Paloma seguía quieta, sus pecas azules, sus ojos amarillos diciendo frases incomprensibles, letras colgadas en las paredes, ahorcadas por los hilos de un idioma que no escuché, no pude, no logré entender. Tampoco conseguí leer lo que gritaban los muros. Todo borroso, esas paredes me acechaban a mí y yo no era más que un vapor liviano. No podía enumerar objetos. Mis ideas se escabullían. No sentir nada: el antídoto para esa enfermedad.

Felipe intentó apagar la luz pero Paloma se interpuso. Creí que decía que viéramos el fuego, pero no estuve segura. Ella se acercó a mí, me tomó la mano, la llevó hacia su cara y metió dos de mis dedos en su boca. Debí sentir su lengua blanda, el metal resbaloso de ese clavo enterrado, pero lo que sentí fue lo contrario: sus dedos dentro de mi boca, ese tornillo atravesándome la lengua, mi lengua. Ella se movía en cámara lenta tocando con sus dedos unos brazos, unas manos que ya no me pertenecían, mirándome con una expresión neutra, pecas perforándole la frente. Felipe murmuraba frases incomprensibles, lo rico del agua, el agua seca, dijo y luego dejó de hablar, se acercó a mí, me tomó por la nuca y me dio un beso. Me pareció sentir el roce de su bigote, la tensión de sus labios contra los míos o tal vez fue otra cosa. Quizás besó a Paloma y ese beso me llegó a mí, o me besaron las luces arremolinadas que arrasaban conmigo (remolinos de luces que me encendieron, me incendiaron). Mírame, dijo Felipe entonces y yo levanté la vista y vi sus brazos y manos temblando, a punto de quebrarse en millones de esquirlas. Mírame, repitió desquiciado, convulsionado. Tampoco se lo decía a Paloma. Mírame, ordenó fuera de sí, y vi que le hablaba al espejo: mírame mierda, ¿se me nota?

Paloma se acercó como si la orden hubiera sido para ella, caminó unos pasos y se asomó, pero para hacerlo no usó sus ojos; apuntó y apretó el gatillo de la cámara, el único objeto sólido en ese baño soltando una y otra vez el mismo quejido. Tac. Tac. Tac. Tres segundos perdidos. Tac. Tac. Tac. Y Felipe dándose a sí mismo esa orden desesperada: mírame. Fui flotando hacia el reflejo y lo que apareció entonces fue su cara: sus ojos no del todo alineados, sus cejas arqueadas y negras, su piel oscura y escamada alrededor de la nariz, esa nariz aguileña demasiado grande, sus pupilas dilatadas, escondidas dentro de unos ojos achinados y vidriosos, y su piel muy suave, tersa, sin barba ni bigote. Eso fue lo que vi. Ni un atisbo de ese nuevo bigote en su cara. Porque no era su cara de grande la que lo observaba desde el espejo. Su cara más rosada y redonda, su cara de niño, eso fue lo que vi y tuve miedo, aunque no lo sentí en mi estómago distinguí el miedo, pero lo dejé a un lado y avancé, me acerqué queriendo verme a mí

2

—

Pasar la lengua por un jugo exquisito y que en mi boca se convierta en agua de púas, agua de sierras, de lijas, de lava, agua mala que me raspa como una barba mal cortada, una boca que mi lengua recorre a contrapelo, mi lengua que va sangrando mientras yo ardo, me incendio con el líquido que aparenta ser frío pero quema, no se le nota pero arde al bajar por mi garganta, por mi tráquea áspera como las luces, los rayos astillados que me pinchan los ojos, me clavan alfileres largos y filudos, me persiguen cuando salgo del baño: váyanse, déjenme solo, y miro a la Iquela pero no me ve, no me ve porque se le cayeron los ojos al cielo y desde ahí no puedo clavarlos a sus órbitas, los ojos desorbitados sin alfileres que los sostengan y por eso flotan y yo floto, levito con el líquido blanco y trepo a la luz, sí, la luz cuadrada que brilla en el bar, la luz donde hay cenizas en Santiago, cáchate Plaza Italia, toda cochina, y el lente está sucio y el zoom entra y sale y entra de nuevo y se va a negro, porque se apaga la tele y también yo me apago y entonces comienza la música, una canción aguda como los ángulos y el aullido de los perros, aguda como el ulular de la ambulancia y las ideas del mediodía, y la fecha se acerca porque el muerto tenía treinta y uno, sí, pero aquí no hay muertos y yo tengo sed, eso es lo único que tengo: una sed rojiza, por eso quiero más del líquido amargo, esa agüita que me cura, dame más, Palomita, ¿dónde estai?, no seai cagá, pero la gringa no está, la gringa que quería curarnos se fue otra vez y no me deja ni una gota del antídoto, sólo la botellita chica y redonda y vacía que tenía el remedio que se hizo remolino, esos remolinos que me gustan porque no terminan, y es que yo detesto las cosas que terminan, me gustan las historias eternas, inagotables, sí, como los gomeros y los ficus y los remolinos del Mapocho, aunque en realidad en el Mapocho remolinos no hay, porque ni se distingue dónde acaba el borde y comienza el agua y porque nadie se quiere tomar en serio ese río, nadie excepto yo, que quiero darle vueltas hasta que se haga un tornado que pueda voltear sobre una copa gigantesca, toda el agua del Mapocho cayendo en una cascada que yo giro y giro y me la tomo, zas, me tomo el líquido con las corolas y los quiltros de ojos tristes, sus ojitos de agua oscura que me escudriñan y sus pezuñas que me rascan la cara: che ¿estás bien, chilenito?, y yo no siento la piel, ni mis huesos de osobuco, sólo las astillas y la boca agrietada, che, pasale un vaso de agua al chilenito, mirá lo pálido que está, y se desvanece mi garganta y mi esófago y mi estómago y no siento mis bolas ni mis muslos, y desaparecen también mis ideas negras y mis cálculos, decile al chilenito que venga a la barra, aquí, vení, vení y sentate acá, porque me hundo en el espiral del agua turbia y me curo, sí, y los pensamientos se ablandan como chicles rosados, se estiran mis ideas y se amoldan al cráneo que hormiguea, todo son hormigas hueón, la cagó, todo tiembla, el planeta vibra porque no siento nada, ni el todo ni las partes, ni lo verdadero ni lo falso, no siento nada y estoy curado, sí, porque me curó el remedio de la gringa y por eso mis párpados son cortinas y por dentro se iluminan mis ideas negras, y las quiero esconder porque en la barra hay un hombre, sí, y él tiene hormigas caminando en sus patillas y también encima de los labios y esas hormigas tan negras me dan miedo, ¿estás bien, chilenito?, y las hormigas bailan y las voces son astillas y se me entierran las palabras en las pupilas y se pelean las palabras con las ideas negras y sacan chispas y me aprieto los ojos con las manos para esconderlas y esconderme y entonces explotan, sí, me estallan los ojos en cientos de miles de cielos, respirá hondo, eso es, respirá, chilenito, pero yo no quiero respirar, yo quiero gritar, aullar fuerte, pero no está mi voz, no la encuentro, se me escondió bajo la sombra de mis amígdalas, se mimetizó con las putas ideas negras de la noche, por la mierda, qué pasa, ya no veo, estoy curado, y el agua en el vaso que me traen es espesa y está seca y el hombre me toca, me toca el hombro que reaparece, respirá, dice él, y reaparece mi hombro, sí, respirá, eso es, mi hombro por fin existe y también los otros pedazos de mi cuerpo, y el aire es un serrucho que me raja y me abre, eeeso, tomá más agua, chilenito, y el tipo me mira y descorro las cortinas de los cientos de ojos que me visten y lo conozco, a este hombre yo lo he visto, sí, y respiro hondo y el agua ahora es dulce y está mojada y el hombre sonríe, ¿mejor, chilenito?, te mejoró la cara de muerto que tenías, y sus dientes son luciérnagas apagadas y todo dentro de mí se apaga, y se ve que te dejaron solo, y es verdad, me dejaron solo, más solo que un grifo, porque la Iquela no está y la gringa con suerte aterrizó en Santiago, ¿cómo les fue con el encarguito?, y el argentino me pregunta por un encargo y yo no sé, vos sabés, no te hagás el boludo, y mis hombros se encogen porque otra vez tengo hombros y mi ceño se frunce porque tengo una frente y detrás de mi frente hay algunas ideas y las ideas que pienso son naranjas, ideas naranjas, naranjo, naranjo, el tipo de overol naranjo del aeropuerto, sí, lo veo y sé que es él, es el guardia frente a mí, el escolta detrás de la barrera, sí, y las hormigas negras se alborotan porque las reconozco, las veo bajo esa nariz ganchuda, las identifico y ya no me dan miedo, y él me pregunta si encontré lo que buscaba en el aeropuerto y ahora sé que se refiere a la muerta, a la prófuga, a esa porfiada, ¿otra ronda?, y el líquido es de oro y la muerta no está, la finada no está y hay que restarla, escucho, y sé que soy yo el que habla, es mi voz que deja de jugar a la escondida, se rebela contra el líquido que me cura, vuelve para decir restar, restarla, repito, y el tipo me habla rápido pero no lo oigo, porque me dice cosas con las pestañas y los hoyitos de la nariz, me dice cosas desde el overol naranjo, desde la piel y los huesos rojos, me está hablando porque se agitan las hormigas sobre sus labios y me dicen sí, chilenito, andá y buscá, porque hay que enterrar a la gente donde corresponde, dice, y el vaso de oro se llena de hormigas negras, y aquí ya tenemos suficientes muertos, dice, tenemos de—ma—sia—dos, pero no sé si dice eso o no dice nada, si me ordena que la busque mañana, que vaya temprano al hangar número siete, chilenito ¿te acordarás?, y repito siete, siete, siete, el hangar siete, sí, pero lo digo callado porque de nuevo se va, se me esconde la voz y se acurruca entre los cientos de ojos de mi piel y las millones de ideas negras, dentro de mis huesos se oculta mi voz y yo siento un frío terrible, siento que me sube un río duro desde las patas, desde los talones crece una ola de cemento, un maremoto que me entume las pantorrillas y las rodillas y los muslos y las bolas, y el cemento trepa por mi guata y me congela el pecho y me endurece el cuello y me hace apretar los dientes para no vomitar, ¿te sentís bien, chilenito?, vomitar, sí, vomitar hasta que no quede nada, que no queden muertos de treinta, treinta, treinta, hasta que no quede whisky ni vino ni agua, que no queden antídotos ni líquidos blancos, ni tampoco saliva ni bilis ni sangre, que no queden cuerpos ni cenizas ni bares donde flotan serruchos afilados, vomitar y vaciarme de días rojos como el vómito, rojo como tendría que ser la lava, la lava que no está porque no existe, porque no sabemos de dónde vienen, de dónde brota este líquido amargo y caliente que sube, trepa y choca con las paredes lisas y blancas del wáter, y cómo chucha llegué al wáter y dónde chucha estoy, por la cresta, me quiero dormir y despertar sin muertos sin ríos sin ojos sin voces sin.

( )

———

Al despertar no supe dónde estaba: en qué cama de qué pieza de qué hotel de qué ciudad. Paloma dormía destapada junto a mí, sus piernas atravesadas en diagonal, empujándome hacia los últimos recovecos del colchón. Tenía los labios entreabiertos y los párpados temblorosos, como si una luz muy clara la hubiese encandilado en su sueño. La contemplé varios minutos, conteniendo el deseo de preguntarle por el baño del bar. Apenas recordaba algunos retazos de nuestro regreso, acaso tambalearnos por una calle vacía, así que decidí despertarla. Acerqué mi mano a su hombro y lo toqué (y me sorprendió una piel finísima, casi impalpable). Ella no se movió, así que la toqué de nuevo, sacudiéndola un poco. Sólo entonces noté lo que había pasado con mis manos. Seguían anestesiadas, perdidas en algún lejano rincón del bar (partes borrándose, restándose por pedazos).

Felipe nos observaba con una expresión grave desde los pies de la cama. No se dio cuenta de que yo estaba despierta (y pude espiar su cara de solo, de triste, de grande), pero enseguida nuestras miradas se encontraron. ¡Picarona!, gritó, cerrándome un ojo y apuntando hacia Paloma, que se sentó de golpe en la orilla de la cama, sobresaltada por ese grito desmedido. Felipe comenzó a aplaudir y a lanzar instrucciones sobre cómo enfrentar el día. Ya chiquillas, a levantarse, ordenó entre aplauso y aplauso, mientras a mi alrededor todo volvía a su lugar: las sábanas, los cuadros, la espalda de Paloma enderezándose, incorporándose, alejándose hacia el baño. También yo regresé a los límites de mi cuerpo, aunque me pareció estrecho; un traje demasiado angosto ajustándome la espalda. Me froté los ojos hasta deshacerme del letargo y sólo entonces, ya desperezada, me golpeó una sensación nueva. Me sentía sorprendentemente bien. Estaba bien y estaba lejos.

Felipe recorrió la pieza de una esquina a otra, apurándonos para que encaráramos la ruta antes de que se hiciera tarde. Tocó la puerta del baño dos veces y cuando consiguió que Paloma saliera, malhumorada y un poco dormida, sus brazos estirándose por encima de su cabeza y todo su pelo enmarañado, anunció que le tenía una sorpresa. Pero primero hagamos un trueque, gringa, tú me das otro poco del remedio de tu vieja y yo te cuento mi sor—pre—si—ta. Paloma ni siquiera lo miró. Se vistió con la ropa del día anterior y se sentó sobre la cama, demacrada. Le explicó a Felipe que tenía una botella más, una sola botellita que prefería reservar para la noche, cuando encontráramos a su mamá y volviéramos a Santiago a enterrarla. Dijo que era difícil conseguir ese tipo de cosas y que no se pasara de la raya. Felipe no animalitos desconfiados revisando los vidrios, las puertas, buscando pistas. ¿Quién trajo todo esto?, preguntó él. Paloma se encogió de hombros y se empinó para alcanzar una corona de rosas en el medio del techo. Estiró sus brazos, la agarró y la lanzó con violencia sobre la vereda. A ese ramo siguieron unas hortensias y un manojo de calas. Con movimientos bruscos, Paloma fue despejando la carroza, mientras Felipe y yo la observábamos más atrás, sin saber qué hacer salvo comprobar su cara cada vez más roja por los celos. Porque eran celos los de Paloma; no rabia ni pena ni dolor. Una sola oración la delató cuando encaramos la ruta. Paloma cerró la puerta con un estruendo y su frase quedó repicando al interior de la carroza. Este es mi funeral, dijo y se mantuvo muda el resto del camino.

El motor gimió con el acelerador y el olor empalagoso de las flores se desvaneció a los pocos metros. Paloma se entretuvo deshojando una margarita que había conseguido colarse en su asiento y no levantó la mirada de esos pétalos hasta que tomamos la autopista. Felipe conducía murmurando instrucciones, órdenes que debatía consigo mismo hasta llegar a alguna íntima conclusión que se traducía en un largo silencio. Olvidaba acelerar en los semáforos y entonces quedábamos detenidos; la carroza fúnebre pasmada ante una luz verde. En ningún momento lo apuré y ni siquiera pregunté hacia dónde íbamos. Un cartel me indicó la distancia al aeropuerto y al cabo de un rato me dejé mecer por el zumbido lejano de las turbinas. Después de todo, no era mi madre quien se había perdido y tampoco era mía esa desilusión. Mi madre estaba bien. Siempre, a su manera, había estado bien; había aprendido a sobrevivir. Y mi desilusión ciertamente estaba bien. Estaban lejos.

Nos acercamos a la garita de vigilancia donde habíamos fracasado la tarde anterior y no tardó en aparecer el mismo guardia de cotona anaranjada, que enseguida cerró la barrera. Paloma soltó un suspiro y culpó a Felipe por hacerla perder el tiempo en lugar de seguir los trámites establecidos (las gestiones, los cauces, los conductos regulares). Felipe la ignoró y redujo la velocidad hasta detenerse a un costado de la caseta. Todo ocurrió muy rápido. El guardia se asomó a través del vidrio, estudió nuestras caras, asintió satisfecho, y llevando su mano firme hacia su sien, saludando como un soldado a la Generala, alzó la barrera y nos indicó que dobláramos a la derecha.

Casi sin preámbulos, como se pasa de estar despierto a estar dormido, nos encontramos en el medio de la losa del aeropuerto, una inmensa plataforma de cemento vigilada a lo lejos, desde una orilla, por una altísima torre de control. Me sorprendieron las dimensiones del lugar y el ruido ensordecedor de las turbinas, y le pedí a Paloma que cerrara su ventana. Avanzamos por un camino angosto, paralelo a la pista de aterrizaje, y nos dirigimos hacia los límites de la losa, donde el asfalto daba paso a una llanura reseca. Allí, en los márgenes del cemento, siguiendo un orden similar al de las celdas, dos largas filas de hangares se desplegaron frente a nosotros, bodegas que almacenaban aviones, combustible, repuestos, tal vez. Cada hangar estaba identificado por un número en su frontis: a nuestra derecha los pares y enfrente los impares, donde Felipe se dirigió al tiempo que murmuraba como un mantra: siete, siete, ese número urdiendo un seseo que sólo interrumpió cuando nos estacionamos.

Felipe dio un salto fuera del auto y Paloma y yo lo seguimos; ella más bien resignada o incrédula, yo francamente suspicaz. Él avanzó al ritmo de ese murmullo exasperante y Paloma aceleró el paso hasta alcanzarlo. Sólo entonces, hombro con hombro, comenzó el interrogatorio. Paloma quiso saber por qué ese hangar y no los otros, cómo sabía, por qué el aeropuerto y no el consulado. Noté la molestia en su tono y sus mejillas encendidas. Le irritaba la determinación de Felipe y no tener idea de hacia dónde ir. La enfurecía quedar excluida de esa búsqueda. Era su funeral después de todo. Yo, en cambio, ni siquiera quise averiguar qué hacíamos ahí. Para mí, su madre podía estar en cualquiera de esas bodegas o aparecer un día en la morgue de Santiago, sobrevolando la cordillera de los Andes o en su pieza de Berlín. O podía continuar en esa asamblea, con su blusa blanca (o crema o amarilla), encerrada en la fotografía que colgaba en el comedor de la casa de mi madre.

Felipe pasó por alto sus preguntas y siguió adelante, encabezando con decisión esa extraña caravana: un desfile de deudos dirigido por él, con Paloma refunfuñando en el medio y conmigo al final, dispuesta a perder el tiempo todo el día (contemplando la lejana cordillera y calculando las palabras crudas que había dejado atrás).

Las puertas del hangar número siete estaban cerradas con una cadena y un candado enorme. Hice mi último intento, esta vez más desesperado. Nos detuvimos frente al cerrojo y les dije que no tenía sentido buscar ahí, que hiciéramos otra cosa, aprovechemos el viaje. Ni siquiera supe si me habían escuchado. Felipe sostuvo la cadena metálica con ambas manos, le dio un tirón y el candado se desmoronó sin oponer resistencia. Los portones se entreabrieron y los tres quedamos petrificados frente a lo que ofrecerían esas puertas.

No había un alma en el interior y algunas señales de abandono insinuaban que nadie había pisado ese lugar hacía mucho. El aire estaba frío y pese al espesor del encierro me pareció agradable, casi fresco, aunque enseguida arremetió una corriente avinagrada, un resabio ácido que se enredó en mi paladar (los tubos, las jeringas, las telarañas). Ni Felipe ni Paloma lo comentaron. Ella entró decidida pero luego se quedó inmóvil, como si hubiese olvidado por qué estábamos ahí. Felipe, en cambio, hundió las manos en sus bolsillos, se enderezó y comenzó a dar un paseo con una calma perturbadora.

No tardé en acostumbrarme a la oscuridad. Por la puerta se filtraban unos rayos de sol, pero las dimensiones del hangar permitían que la luz se derramara en una penumbra más o menos permeable. Me sorprendieron los techos tan altos, construidos para albergar cosas gigantescas, no los cientos de objetos comunes y corrientes que parecían intrusos condenados a desaparecer (el abandono achicándolos sin remedio). A mi izquierda vi varios carros colmados de maletas, bolsos y mochilas; cerros de equipaje cubiertos por una fina capa de polvo (maletas antiguas y nuevas, duras y blandas, bolsos amontonándose en listados breves, tranquilizadores). Cada coche tenía una etiqueta con el nombre de la línea aérea, el número de vuelo cancelado, su origen y una fecha. Ninguno de esos aviones había podido aterrizar en Chile. Ni siquiera esa tragedia (su catástrofe, su funeral, me repetí), ni siquiera eso nos pertenecía.

Paloma comenzó a leer en voz alta las etiquetas de los carros, pero no pudo avanzar demasiado. Felipe le dio una palmadita en el hombro, una caricia, casi. Seguro aquí no va a estar tu mamá, dijo, a menos que la hayas metido en una maleta. Paloma se deshizo de esa mano con violencia y dijo que sólo quería encontrar el equipaje del vuelo de su madre, saber si estaban ahí las otras maletas. Incluso ella parecía más chica, una niña en esa búsqueda. Él, en cambio, recorría la bodega con seguridad, como si por fin hubiera encontrado su verdadera casa.

En el fondo, apoyados contra la pared, una decena de contenedores formaban un muro de metal. Me acerqué convencida de que allí estaría el ataúd, pero al abrir unas compuertas no vi más que cajas, sillones, camas, lámparas y bicicletas. Casas desmontadas para ser armadas en otro lugar. No se acarreaban ataúdes en ese tipo de mudanzas. No tenía sentido irse de un país con cuadros, autos, ropa y muertos. La idea de encontrar un ataúd era tan absurda como verlo adornando un comedor, y fue esa imagen (un féretro decorativo, un ataúd ornamental) la que de pronto me pareció graciosa y se me escapó una risita tímida, pero que resonó como una campanada. Sentí la presencia de Paloma a mis espaldas. Me seguía. Yo, como siempre, seguí a Felipe, que se había detenido a la derecha del hangar, desde donde me llamaba con una voz quebrada, una plegaria.

Felipe estaba quieto en una posición incómoda (sus ojos adelantándose al resto de sí mismo), y con su torso doblado hacia el frente, como partido en dos, como partiéndose, me rogaba que me acercara, Ique, ven a verlos, míralos. Avancé vacilante (mi pulso trepando a mis oídos: dos, cuatro, seis segundos que perdí desesperada). Cada uno de mis pasos más corto que el anterior. Cada inspiración más breve (respirar lo imprescindible). No quería saber lo que Felipe había encontrado. No estaba preparada para eso pero seguí avanzando de todos modos, conteniendo el deseo de echarme a correr y no volver nunca. Me detuve junto a él y de reojo miré su cara quinientos años más vieja. Paloma se paró a mi lado, muda. Nuestro desfile perdió su riguroso orden y nos quedamos así, alineados (sobrecogidos como niños descubriendo el mar o la dimensión exacta de una muerte).

Eran decenas. No. Muchísimos más. Cientos de ataúdes esperaban uno sobre otro y uno junto al otro en filas interminables, en pasillos lapidarios; un inmenso laberinto construido desde el suelo hasta el techo del hangar: féretros plastificados, féretros forrados en cartón, cajones de madera más chicos, más grandes, más anchos y delgados, claros y oscuros. Decenas de pasillos paralelos y ordenados. Cientos de muertos queriendo volver, retornar, repatriarse (e intenté una lista rápida, un improvisado inventario de cadáveres: quince cajones de pino, veinte forrados en cholguán, ocho en sus féretros mal barnizados).

Increíble, susurró Felipe después de un interminable silencio. Es increíble, repitió y su voz lo rasguñó desde el fondo de sí mismo, de lejos, de antes, de un sitio impreciso y oscuro, una voz empolvada que había esperado pacientemente para volver, guardada para ese momento, idéntica a la que yo había escuchado hacía años: increíble, había dicho aquella vez mientras nos escondíamos detrás de los arbustos de moras en Chinquihue, en el único viaje que mi madre y yo habíamos hecho al sur, cuando su abuela Elsa nos pidió que lo recogiéramos, que Felipe se quedara con nosotras ese invierno; a ella la había inundado la pena, vengan pronto y llévenselo. Él y yo nos arrodillamos detrás de las ramas y desde el suelo las espiamos. Su abuela observaba a mi madre con sus ojos pequeñísimos, sus párpados gruesos como vendajes. Mi madre, en cambio, no miraba a su abuela Elsa; tenía la vista clavada en el cielo, como nosotros. Porque lo que había suspendido en el aire era asombroso: un corderito colgando boca abajo de la rama de un roble. Un fruto suave y blando, a punto de desprenderse. Felipe y yo vimos todo protegidos por las moras. Vimos el filo del cuchillo atravesar el cuello de ese animal. Vimos la sangre caer en un hilo viscoso, que se separó en gotas brillantes y espesas. Increíble, dijo Felipe con la boca entreabierta, mientras a borbotones se vaciaba esa nube plomiza, derramando cántaros rojos que colmaron una cacerola con cilantro y merquén. Paciencia, le dijo su abuela Elsa a mi madre sacudiendo la cacerola para esparcir el líquido. Paciencia, Consuelo, hay que esperar a que la sangre se apriete, espérate un segundo. Porque la sangre de pronto cuajaba y cambiaba. Se transformaba en una sustancia distinta, más oscura, una materia nueva que su abuela rebanaba en trozos blandos para que se disolvieran en sus bocas coloradas. Increíble, repetía Felipe como si presenciara un milagro, mientras yo miraba a ese animalito y luego a él, queriendo taparle los ojos, abrazarlo y decirle que los cerrara fuerte, Felipe, no mires, no escuches, no hables, ciérrate entero, yo voy a ser tu chozna y tu abuela; yo voy a ser tu papá. Pero no fui capaz de prometerle nada y no hice más que oír esa palabra que ahora regresaba. Increíble.

Paloma no habló o tal vez no supo qué decir, pero caminó decidida, como si se hubiera dado a sí misma una orden: muévete. Respiró hondo, contuvo el aire y se dirigió hacia la primera fila de ataúdes, metódica, como siempre. Felipe entró por el segundo corredor. No lo puedo creer, dijo desde lejos. Tan ordenados, Iquela, tantos, tantos. Su voz se transformó en un rumor distante y los perdí de vista.

Entré y salí de los pasillos susurrando las mismas dos palabras: Ingrid Aguirre, Ingrid Aguirre, como si intentase con ese nombre reparar algo irremediablemente roto: el error de mi padre (de Rodolfo, de Víctor), la muerte de Ingrid (o de Elsa o de Claudia o de sus dobles, sus alias), entregando ese cadáver como una ofrenda que me liberaría. Examiné cada una de las filas sin miedo, convencida de que esa era mi oportunidad, la posibilidad de encontrarla y hacer algo importante, *clave,* vital. Algo mío. Como si yo misma hubiera diseñado ese laberinto y sólo yo pudiera escapar de él, busqué con una calma extraordinaria. Yo sí lo podía creer: yo esperaba, yo miraba, yo sí sabía.

Caminé entre las filas como recorriendo los estantes de una interminable biblioteca, intentando desentrañar alguna lógica: alfabética, cronológica, temática (muertos ordenados por causa de muerte, por ideología, por altura; cadáveres clasificados según sus ansias de volver o la dimensión de su nostalgia). Deambulé entre decenas de números y nombres, entre apellidos familiares y orígenes desconocidos: Caterina Antonia Baeza Ramos, 1945, Estocolmo–Panitao, Jorge Alberto Reyes Astorga, 1951, Montreal–Andacollo, María Belén Sáez Valenzuela, 1939, Caracas–Castro, Juan Camilo García García, 1946, Managua–Valdivia, Miguel, Federica, Elisa, 1963, 1948, 1960, Til–Til, Arica, San Antonio, Curicó, Santiago, Santiago, Santiago.

En la sexta o séptima fila, después de recorrer un centenar de países y cada una de las provincias de Chile, justo en el medio de un larguísimo pasillo, con dos ataúdes por debajo y uno apoyado encima, reconocí su nombre: Ingrid Aguirre Azocar, 1953, Berlín–Santiago. Me detuve frente a ella. El papel estaba escrito a mano con tinta azul y una letra prolija (palabras idénticas en castellano y alemán: palabras–espejo). La etiqueta estaba pegada con cuidado al plástico y ese plástico forraba la madera que guardaba ese cuerpo que no guardaba nada (o una pena, un rencor, una nostalgia incalculable).

Toqué el papel y releí una a una esas palabras (hasta que se disolvieron en sílabas y las sílabas en letras y las letras en un trazo indescifrable; una mancha azul, sólo un dibujo). Permanecí inmóvil frente a esa hoja: una simple etiqueta que yo podía despegar y esconder en el fondo de mi bolsillo, un papel que podría eliminar de un soplido, prolongando esa búsqueda por años, por el resto de los días de Paloma, regalándole así una causa y que ella no tuviera que buscar nunca más nada, porque su destino quedaría atado a la historia de su madre perdida (y de nuestros padres y todas las cosas que ellos habían perdido alguna vez). Consideré quitar el papel y reemplazarlo por uno nuevo: un nombre genérico y cualquier apellido, o una chapa, tal vez (Víctor, Claudia, un arsenal de nombres encarnados). Y luego pensé en mentirle a Paloma; tendría que seguir buscando a su madre por el resto de sus días, lo sentía tanto, tantísimo. Podía detener su vida en ese instante, borrar a Ingrid y enseguida tomar el teléfono, llamar a mi madre y decirle que otra vez había perdido a su amiga, que yo ni siquiera era capaz de hacer algo tan sencillo como eso.

Me recorrió una agitación nueva, como si todo ardiera, como si ya no pudiese estar dentro de mí misma, como si no hubiera más que voces y estática y vacío, y todo lo que siguió fue muy confuso. Sin darme cuenta alejé mis dedos del papel. Retrocedí unos pasos hasta apoyar mi espalda contra esa pared de ataúdes. Se cerraron mis puños, se enterraron mis uñas en mis palmas (cuatro medias lunas rojas) y permanecí un momento así, paralizada, sin conseguir hilar

1

—

Esto no me lo advirtió el tipo de cotona anaranjada,
una cosa es una muerta y otra un montón de cadáveres
esperándome en sus casitas rectangulares: ya no en sus
fosas en el suelo, ya no almacenados en cajas de servicios
fríos y médicos y legales, no, ya no están echaditos en los
paraderos y en los parques, ahora son bien burgueses
los cadáveres y mejor así, claro, mejor tener muertos
obedientes, preparados para cruzar en tropas la cordillera
y que yo los reste por puñados: menos tres, menos seis,
menos nueve muertos que debo restar y luego contar por
separado cada uno de sus huesos, sí, aunque a mí tantos
huesos me confunden, me molesta la cantidad de muertos
de Lisboa y Cataluña, de Leningrado y Stalingrado, porque
desde el pretérito imperfecto viajaron a Chile pero no
llegaron, no, por eso tengo que calmarme y respirar hondo,
inspirar y guardar el olor y la calma, embalsamar la calma
en el formol y sólo entonces cruzar la cordillera, atravesarla
y traer conmigo a la mismísima muerte, eso es, y ya de
vuelta en Santiago, en el corazón de las cenizas, debo

detenerme un segundo, arquearme y exhalar la calma embalsamada, y con cada exhalación hundir mis manos en un hoyo, un agujero que voy a hacer con mis uñas duras, porque voy a excavar hasta que la tierra negra esconda mis lúnulas, mis cutículas, mis uñas transformadas en pezuñas de quiltro, sí, y con mis cuatro patas peludas y mi hocico puntudo voy a escarbar, con mis garras sucias voy a arañar las cenizas hasta dibujar una raya horizontal, una larga línea que diga menos, sí, y ahí voy a enterrarlos, en ese menos hundirlos, clavarlos, bajarlos con cuidado a esa tierra reseca y mía, plantar esos huesos y tirarles tierra arriba, cubrirlos de polvo y después contemplarlos con mis ojos, mis cientos de ojos extáticos al ver ese montículo de tierra fértil, y entonces, cuando cada uno de mis muertos esté abajo, voy a escarbar otra vez el mismo hoyo, excavar y sacar la tierra para desenterrarlos, uno por uno exhumarlos, lamerlos y velarlos otra vez, todos los días y todas las noches de toda mi vida, hasta que ya no quede territorio sin remover, hasta arar los desiertos y los pueblos fantasmas y las playas sucias y los manzanales, hasta compensar cada uno de los funerales faltantes, eso debo hacer, llevarme estos cuerpos y enterrarlos para que al fin coincidan los muertos y las tumbas, los que nacen y los que se entierran, sí, ese es mi plan, pero entonces me distraigo, la Iquela me habla, la Iquela grita fuerte que la encontró, eso dice, la encontré, y yo me acerco y no puede ser, porque nadie encuentra lo que no busca y la Iquela nunca quiso hallar a esta muerta, pero igual repite que la encontró y sólo entonces la veo: hay un ataúd y un papel chiquitito con su nombre, y cierro los ojos espantado y toco la madera con mi palma transpirada, porque debo ser yo el que la encuentre, Iquela, yo, por la cresta, deja de meterte donde no te incumbe, porque la muerta es mía, es mi resta, por la mierda, y su madera es más lisa que ninguna, tan lisa y suave que me da asco, sí, porque a mí las cosas lisas me dan asco y el asco me expulsa y retrocedo y me escondo para escupir mi náusea, tengo que quitarme este olor rancio, el olor asqueroso de la muerte, por eso me voy detrás de otros ataúdes, camino tambaleándome y me escondo de la gringa para sacar el calcetín secreto, porque guardé este líquido para mí, sí, para borrarme, para disolverme, por eso lo agito, brindo conmigo mismo y me lo trago, me tomo unos sorbos mojaditos y el líquido va matándome despacio: mata el olor, mata lo liso, mata el miedo y las cifras, mata el odio y la envidia, y me tomo otro trago y siento que levito sobre mi cuerpo y que la gringa me pilla aunque no sé si me ve, porque me borro por pedazos, me escabullo y vuelvo donde está la Iquela con la famosa Ingrid, camino hacia ella, me acerco invisible y la veo empujando el ataúd, ayúdame poh, Felipe, y yo no entiendo de qué está hablando y estoy mareado y tengo frío y no quiero el vómito caliente en mi garganta y por eso me detengo en seco y me aguanto, Felipe te estoy hablando, ayúdame a arrastrarla a la carroza, y yo me acerco y apoyo mis manos en la madera y la madera es lisa y la empujo, eso es, con todas mis fuerzas de animal la empujo pero no se mueve, no, puta qué es pesada la Ingrid, pero yo soy fuerte, sí, empujo el dolor y la madera y el asco también lo empujo, y el ataúd por fin se sacude, sí, se arrastra y avanza y yo uso todas mis fuerzas salvajes y gruño y sudo y me miran cientos de ojos, miles de ojos me vigilan tras las maderas, sí, y tú tienes los ojos de tu papá, me decía mi abuela Elsa, los tienes igualitos, y yo me esfuerzo y digo no, eso es mentira, y es mi voz la que habla y ya no quiero escuchar mi maldita voz, ya no quiero oír una puta frase más saliendo de mi boca y por eso me callo, porque yo tengo ojos de vaca, por la mierda, tengo ojos blandos y salados y no tengo los ojos de ningún papá, mis ojos son míos, míos, míos, yo soy hijo de los pétalos y de mi chozna y de mí mismo, eso soy, hijo de mí mismo, y con mi fuerza de quiltro por fin la arrastro, como si quisiera rajar la tierra, arar una trinchera, sí, y el cajón cae al suelo con un estruendo y recupero el aliento y empujo más y más y la subo por la rampa de la carroza hasta los rieles, los rieles de la Generala que deben ser fríos, porque tengo frío y también la muerta tiene frío aunque a ella la abriga la Generala, esta carroza que por fin está llena, sí, y respiro profundo y recupero el aliento y veo entonces que todo se parte, esta bodega se quiebra por el líquido mágico que me cura, y la Iquela se parte también y yo la veo partida en el medio y me beso la mano y le tiro un beso sonoro y partido, un beso de chozno, eso es: chao choznita, le grito en silencio, chao mi chozna, le digo, te quiero mucho, mucho, y me meto a la carroza de una vez y la enciendo rápido, y la Generala escupe y se sacude, y veo a la gringa sacándole fotos a los muertos, a todos estos muertos que yo abandono sin mirar atrás, porque echo a andar el motor y aprieto chala, acelero porque esta muerta es mía y me la quieren quitar.

( )
———

Me costó entender lo que había pasado. Las puertas del hangar todavía se azotaban contra el dintel y la carroza se alejaba rápidamente por la losa del aeropuerto, cuando Paloma me tomó por la muñeca, exigiéndome una explicación: no puede ser, dijo, pero si es mía.

La Generala desapareció en el horizonte y Paloma no tardó en reemplazar su sorpresa por furia: si acaso esta era una mala broma, si pretendíamos asustarla, si Felipe y yo habíamos tramado este juego perverso. Su voz sonó desmedida (un timbre infantil, mal calibrado) e intenté explicarle que tampoco yo entendía lo que acababa de pasar. Felipe se había ido y esa no era más que su manera de obligarme a alcanzarlo cuanto antes (ser su testigo, su sombra).

Una vieja imagen de Felipe (empolvada, casi extinta) revivió de pronto frente a mí, como si la hubiese enterrado hacía años y resurgiera para obligarme a repasarla. Felipe agachado a pocos pasos, indicándome con su mano que me acuclillara en el antejardín, en nuestras marcas, ordenados (la calle partida por los barrotes de la reja). ¿Estás lista, Iquela?, su tono cada vez más rabioso, esa voz que yo había querido olvidar para también borrar ese recuerdo (o al menos no gastarlo en vano). ¿Preparada, Ique?, su mano palmoteando mi espalda, desafiándome, preguntándome por última vez si acaso sería lo suficientemente fuerte, si estaba segura de que podría hacerlo. Yo asentí muda desde el piso, mi boca seca, mi saliva amarga, mis dientes masticando el miedo, anticipando el dolor, esperando la instrucción que nos arrojaría al suelo. ¡En sus marcas, listos, ya! Ese era el grito que nos desplomaba sobre la tierra, Ique, sin trampa, exclamaba él avanzando con dificultad, prohibido ayudarse con las manos o levantar las piernas, Iquela, de rodillas, me advertía Felipe atravesando la reja delante de mí; sólo las rodillas debían soportar el filo de las piedras que él mismo había repartido en el camino. Porque unos minutos antes, Felipe recorría la calle con sus bolsillos henchidos de piedras y las distribuía en nuestra ruta. Carrera de obstáculos, decía provocándome, mientras yo miraba horrorizada las piedritas regadas en la vereda; cristales diminutos que resplandecían bajo el sol antes de clavarse en mi piel, renovando el dolor a cada paso, una y otra vez. Hasta obligarme a parar y rendirme; Felipe apartándose de mí. Él y su carrera de sacrificios, con su trofeo enterrado en las rodillas, continuando esa peregrinación de una vuelta a la manzana y su regreso triunfal a nuestra meta: la puerta de la casa de mi madre, que desde el jardín nos acechaba atenta, regando, apostando en secreto por quién ganaría la carrera (inundando el pasto, el camino, anegando ese recuerdo). Felipe volvía a la casa bordeando las lágrimas y la risa, jadeando, tosiendo, los agujeros de su nariz hinchados y su cara escurrida de sudor, arrasado por una agitación terrible que sólo mi madre era capaz de contener. Ándate para dentro, Felipe, sacúdete la tierra, límpiate las heridas con salmuera, cámbiate de ropa y ponte bonito: te toca a ti elegir la cena, hoy comemos lo que tú quieras (Felipe volviendo, retornando, repatriándose de rodillas).

El recuerdo me llevó lejos y el atardecer me tomó por sorpresa a la salida del hangar. El guardia de la garita de vigilancia avanzaba hacia nosotras buscando la carroza, intentando aclarar con sus ojos algo que ni siquiera alcanzó a preguntarnos. Paloma se acercó y lo arrolló con sus dudas sin darle respiro. Él pareció genuinamente perturbado. Negó con la cabeza mordiéndose el labio inferior y después de una larga pausa, juntando las cejas en una tupida línea sobre sus ojos, dijo que no lo sabía: jamás sospechó que el ataúd era de su madre. Supuso que el deudo (el hijo, el doliente) era el muchacho.

Nos explicó que la noche anterior se había topado con Felipe en el bar. Yo estaba tomándome unos tragos nada más, dijo como disculpándose, cuando sale del baño ese chico tambaleándose, borracho, drogado, yo qué sé, y se me acerca buscando pelea. A mí me pareció un poco pesado, claro, pero siempre es preferible una borrachera a una pelea, así que lo invité a tomarse un trago (un sorbo, dos, el líquido girando enloquecido). En eso estábamos cuando el chico se pone medio loco, a temblar, pálido como un muerto y me cuenta así, entre tiritones, que había perdido a alguien importante (y Paloma lo miró enfurecida, como si le arrebataran un objeto muy preciado). Un tal... Felipe, eso es, dijo el guardia sacando un paquete de cigarros del bolsillo de su overol. El muchacho había perdido a un tal Felipe y aunque yo al principio no entendí nada, al rato supe, agregó encendiendo su cigarro y aspirando como si todo el aire del planeta estuviera almacenado en ese filtro, supe que debía ser alguien importante. No sé si vi a un chico tan agobiado alguna vez. Tristísimo, dijo el guardia soltando el humo y escondiendo su cara al otro lado de esa humareda. Me contó que su muerte había sido espantosa (un flotar en el río, un colgar de los cables, un ahogarse en cenizas). Era feo morirse, eso dijo lloriqueando el pobre pibe, horrible, que yo debía evitarlo a toda costa, que él no se moriría por ningún motivo, y a mí me pareció raro el comentario, pero más extraño fue lo que me contó sobre unas tumbas vacías y una suma o una resta, pero yo qué sé (nada, no sabía nada).

Paloma lo escuchó en silencio, sus ojos muy abiertos, forzándolos hasta los límites de sus órbitas. Tampoco yo lo interrumpí. Un avión nos sobrevoló y se esfumó en un punto impreciso del cielo y el guardia aprovechó el bullicio para ofrecerle un cigarrillo a Paloma. Es el último, le dijo y prendió un fósforo con el que encendió su cigarro. Ambos aspiraron en sincronía, una pausa insufrible, un paréntesis que sólo el estallido de las turbinas consiguió partir. El guardia retomó su relato. Por eso dejé el hangar abierto. Le hablé al chico de estos ataúdes y le conté que los podría encontrar en el siete, dijo indicando hacia las puertas. Total, me hacía un favor a mí. Y es que estos féretros llevan muchísimo tiempo varados, como si nadie los fuera a reclamar nunca. Y aquí estamos nosotros, atrapados en este olor, este olor de mierda, perdoname la expresión, le dijo a Paloma hinchando los agujeritos de su nariz. Es un aroma nauseabundo y yo no sé qué hacer, las autoridades no saben qué hacer. Nadie se quiere hacer cargo del problema: ¿qué se hace con todos estos muertos?

El hombre tiró el cigarro al suelo, lo aplastó con su zapato, y sin quitar la mirada del piso (un fuego transformado en simples cenizas), le pidió a Paloma que lo perdonara. Nunca se me ocurrió que el ataúd no era del chico. ¿Quién andaría así por un cadáver ajeno? Aunque en realidad, ¿qué importa de quién son los muertos, no? El problema no es ese, agregó frunciendo el ceño. El problema es otro, dijo ya más convencido. Hay que ayudarse con los muertos; hay demasiados.

El guardia caminó hacia el hangar, recogió la cadena metálica, clausuró las puertas y, con un dejo de resignación, se ofreció a llevarnos al centro de la ciudad. Dijo que en Mendoza podríamos alquilar un auto para volver a Santiago y que con un poco de suerte alcanzaríamos a Felipe en la ruta; eso era todo lo que él podía hacer por nosotras, el resto no le incumbía (los restos, en realidad). Paloma aceptó su ayuda sin consultar mi opinión. De cualquier modo, yo no dije nada. Me distrajo el despegue de un aeroplano y el eco intruso de mis ideas:

tal vez debíamos encargarnos de los ataúdes, quizás cada uno de esos féretros amontonados, ese interminable listado de nombres y apellidos, a lo mejor todo ese hangar me pertenecía (como las cenizas y la forzosa cordillera).

Miré fijo en dirección al sol, sin una sola respuesta. Y allí, rendida ante la pista, anticipándome a ese camino tan interminable como nuestra búsqueda, imaginé todo lo que pasaría: de nuevo la estela de sangre inscrita a horcajadas en la calle, indicándome la ruta limpia, la ya expiada por Felipe; de nuevo mi cuerpo desmoronado sobre mis rodillas y la desilusión de mi madre a mis espaldas; y de nuevo Felipe arrastrándose hacia ella, sus rodillas rasmilladas y sucias, dos negras placas de sangre.

Tuve la seguridad, la convicción, de que todo lo que yo debía hacer para ganarme esa mirada (ese filo brillante: lávate las heridas con salmuera), era desplomarme y avanzar, arrodillarme y arrastrarme hasta la camioneta del guardia, y luego sentarme entre Paloma y él para leer el mapa de regreso.

Como si tuviese que completar ese recuerdo de Felipe, esa carrera de antemano perdida, o fuera mi deber tapiar los agujeros de esa memoria resquebrajada, cada detalle de mi regreso apareció en una secuencia nítida, abriendo una grieta hacia atrás (una falla, una errata). Me vi a mí misma volviendo sola por las montañas, tardando días, semanas completas en subir de rodillas las colinas, atravesando cada una de las cadenas cordilleranas y las densas cortinas de cenizas, avanzando resuelta hacia la meta (la casa, mi fuga). Vi la luz plomiza que opacaría estrías, esquirlas). Porque sólo vaciándome sería capaz de encarar ese viaje (deshaciéndome de costras, penas, lutos; pagando con sílabas esa deuda incalculable, una deuda que nos desfalcaría hasta dejarnos mudos). Conduciría hasta la reja de fierro y al llegar, exhausta, agitada, vería las briznas de pasto bajo el agua turbia (el agua estancando sílabas, letras, todo un lenguaje anegado). Estacionaría la carroza ante la puerta y precisamente allí, bloqueando la reja de la casa (en nuestras marcas, bajo el umbral de nuestra meta) abandonaría esa ofrenda negra y rectangular: frente al jardín delantero donde mi madre estaría regando. Porque vería a mi madre regar una vez más y la contemplaría por un momento (sus pies hundidos en ese barrial con olor a tierra añeja, pero mía). Y me acercaría sin meter bulla (porque no debíamos meter bulla), con mucho cuidado (porque debíamos tener miedo, hija, hay que estar preparados). Caminaría hacia mi madre observándola con ternura, sosteniendo el peso de todas las cosas que ella había visto alguna vez (sosteniendo restos, deudas, duelos). Y con una voz antigua, una voz heredada pero no por eso menos mía, usando sílabas deterioradas e intraducibles, palabras finales que me dejarían deshabitada, en un desierto que sería llenado con otras frases (con un lenguaje perenne y vegetal), le diría con un dejo de tristeza: aquí te traigo a Ingrid Aguirre, aquí está Felipe Arrabal. Y la abrazaría (su piel tan cerca de sus huesos y sus huesos tan cerca de los míos), y sólo entonces, al interior del perfecto paréntesis que formarían nuestros cuerpos al juntarse, le diría finalmente: madre, esto lo hago por ti.

Quedé sumida en un vértigo, como si todo el aire de mi cuerpo me abandonara de pronto y me desplomara en un espacio vacío. La bocina resonaba a pocos metros, donde el guardia nos apuraba agitando su brazo desde el interior de una camioneta. Paloma escupía órdenes tropezadas: que me moviera, nos estaban esperando, no era momento para dudas. Y detrás de ella, más allá de la losa, enmarcando los límites de un paisaje adulterado, un sol púrpura se ocultaba entre las montañas y no ahogándose en el mar, escondiéndose tras la misma cordillera que al otro lado era su origen.

Paloma avanzó unos pasos en dirección al guardia pero enseguida titubeó, y volviéndose hacia mí, me tomó la mano y dijo que ella no sabría por dónde empezar, Iquela, vamos, por favor. Las bocinas se acallaron y en esa pausa oí un murmullo desde los arreboles: el viento agitando las ramas de un bosque distante. Paloma se empecinó en que partiera con ella, que me subiera a esa camioneta y juntas atravesáramos la montaña, que los encontráramos donde estuvieran, y mientras hablaba (lejana, alejándose), cada vez más exasperada, vi muy cerca de nosotras, iluminados por los focos de la camioneta, a decenas de pájaros preparando su vuelo, sus alas encendidas por esa luz.

Mi cabeza comenzó a sacudirse de lado a lado, negándose mientras calculaba la distancia entre nosotras y esas aves. Me oí a mí misma hablar tranquila, resuelta (una voz nueva, recién nacida). Te veo después, le dije a Paloma acercando mi cara para darle un beso. Yo me sumo más adelante, agregué abrazándola, recordando nuestro primer encuentro (preguntándome si palpitaba una nostalgia nueva o aún latía la de nuestros padres). Paloma se subió a la camioneta, sacudió su mano para despedirse y la vi partir sin más, dejando frente a mí esas alas que se agitaron al unísono, lentamente, la perfecta sincronía de los pájaros en vuelo, desprendiéndose de la tierra en medio de un arrullo desconocido, un rumor que estalló de pronto en una algarabía incontenible.

0

—

Y acelero fuerte para no enterrarme en el cemento blando, en este barro gris, en este pus, eso es, para no hundirme en el pus que secreta la montaña, la cordillera secreteando que siga, que acelere, porque para ser un chofer de primera se aceleeera, cantábamos cuando se cantaba, coreábamos a gritos la Iquela y yo para no escuchar, para no oír esto que dice la boca de la montaña, porque secretea que suba, que cruce, que no importan los veinte, los quince, los diez kilómetros por hora ahogando el motor de la Generala, pero esto no es tan sencillo, no, no es fácil cruzar la cordillera gris, pero de todas formas subo y sudo y abro las ventanas para darle aire a la carroza, bajo los vidrios a pesar de que al otro lado está el pus, el maldito pus que entra como una ola por mis mangas, sí, y se me pega a la piel este veneno, este virus que quiere infectarme los ojos, por eso lloro lágrimas plomizas que me humedecen y el pus y mis gotas se mezclan y las cenizas me cubren completo y algo pasa, la Generala se estremece y se sacude, shhh, cálmate, a ver, despacito, a neutro, pero se ahoga, dale que bajamos con el vuelito, pero tose, gruñe y se niega a andar, no, no quiere subir, por la cresta, la carroza se queda en pana y no hay cómo convencerla, estira la pata y no me queda otra que bajarme, y sólo entonces, cuando entierro mis pies, veo la hondonada donde estoy: es la cumbre de todas las cumbres, la cima, el cenit del gris, aquí se vino a morir la Generala, la carroza fundida y en silencio, shhh, que en paz descanse, y yo escucho su último estertor, un bramido y una fumarada espesa que la ronda, la hunde, la aleja, porque el humo del motor hace desaparecer a Ingrid Aguirre, Berlín–Humareda, y yo entonces, riguroso y matemático, la resto, eso es, menos una, anoto, menos una, grito, menos una, ¡pero no basta!, la resto pero no llego a cero, por la cresta, la mamá de la gringa no era mi muerta, es una muerta genérica, una impostora, una farsante, sí, por eso me acuclillo rendido y la contemplo, un ataúd ahumado en la montaña, un féretro acantilado, una tumba hecha cordillera, no puede ser, y me tomo un sorbo del líquido blanco, un trago grueso para borrarme, para no sentir esta pena que se esparce y me exige mirar mi propia piel, mi nueva piel que ya no es oscura, y veo mis piernas y tampoco son piernas ni mis brazos son brazos: ya no hay codos ni dedos ni muñecas, ahora me cubren escamas, no, es otra cosa, es una piel brillante y seca, son plumas hilvanadas en mi piel, plumas que me cuidan, me separan, me distinguen, y mis ojos tampoco son míos, están resecos y claros, cristales rotos, sí, y mis ojos rotos descubren mi ligereza, mis pupilas trizadas ven mi cuerpo alado y allá abajo ven también la ciudad inerte, la ciudad que es un profundo nido, un círculo como los ombligos y las ideas de la noche, eso es Santiago: un nido circular como será mi vuelo, porque debo olvidar a la Generala y volar al centro, descender hasta mi casa, volver, eso es, por eso me levanto, abandono a esta muerta tramposa en su humareda, le doy la espalda, me sacudo y trago decidido todo el aire, me hincho de cenizas y empiezo a dejarla, a dejarme, a correr: corro para aprender a usar estas plumas mías, las agito con todas mis fuerzas para desplegarlas, para endurecerlas, pero no puedo, no, pesan tanto estas alas primerizas, plumas de piedra, putas alas inservibles es lo último que me faltaba, pero sigo corriendo durante horas y se hace tarde y luego noche y yo insisto en sacudirlas en la oscuridad y lo intento de nuevo, en el cuesco mismo de la noche trato una y otra vez, hasta que el negro se alza y me pilla agitando mis alas la aurora, y con esta aurora dejo atrás la cordillera mortuoria, desciendo por las colinas del oriente y llego a Santiago de pronto, un Santiago repentino que me alerta, me vigila, me encarcela, sí, y me hundo en los callejones que desembocan por fin en la Alameda, esta ancha Alameda donde me detengo en seco, pasmado, entendiendo por fin mi señal: esta calle es mi pista, este cemento es mi ruta, no el aeropuerto, no Mendoza sino esta Alameda vacía, por eso recupero el aliento, uno, dos, tres segundos y miro hacia el poniente, cuatro, cinco y me tomo lo que queda del líquido blanco, seis, siete y me estremezco y respiro hondo, ocho, me hincho, nueve, agarro vuelo, diez, y entonces corro como nunca he corrido antes, como sólo se corre por última vez en la Alameda, voy a toda velocidad por el medio de la calle y dejo atrás los edificios y los monumentos, dejo atrás el Santa Lucía, la Moneda y las fuentes sin agua, corro por el centro como corren las aves grandes, las que comienzan su vuelo lentas y pesadas, y me persiguen mis quiltros tristes, mis huachos que aúllan y me despiden, y yo sigo sacudiendo mis alas temblorosas, corriendo hasta empinarme, treparme, volarme, sí, más alto, más, más, y mis alas al fin se tensan y el cemento se desprende bajo mis garras y se repliegan mis piernas como si supieran, como si mis piernas recordaran que deben hundirse, y siento mi pecho henchido de un aire delgado, un aire liviano que me eleva como helio y yo me engancho en la corriente y mis uñas se recogen y mi columna se alarga y soy tan liviano, sí, el amanecer despierta por fin mis alas, eso es, estoy volando, sí, estoy volando con mis alas extendidas, alas tan anchas que no veo las orillas de mí mismo, los límites de mis brazos que se agitan serenos y hermosos, y el viento silba con la fricción de mi cuerpo y yo suspiro alegre mientras planeo, me hamaco en cada soplo de este aire que me abriga, porque me arropa el aire de Santiago, el cielo que se desmorona para tocarme, se despelleja en cenizas que me arrullan, y yo lo que quiero es volar hasta nunca, encumbrarme hasta desaparecer y no ser más que un olvido, por eso me elevo alto y dejo atrás la Alameda vacía, y se alejan mis quiltros y las copas de los árboles, y se aleja el Pío Nono y el reloj del tiempo detenido, y se alejan de mí las loicas y las palomas y los guarenes tristes, y quedan atrás mis flores solas y los padres solos y los hijos solos, porque me encumbro hasta no ver más que el cauce lejano del Mapocho, esa curva que conozco como a mí mismo, porque la cuenca del río está enterrada en mi piel, en la línea de la palma de mi mano, el cauce de mi sangre atraviesa la ciudad, esta ciudad que es mi cuerpo, mi nido, mi cero, sí, y en las alturas me arrasa un hormigueo, una fiebre que me asola, una pena que me cierra los ojos en la cáscara del cielo, porque siento las ideas negras devolviéndome a la tierra, tirándome, llamándome, un vértigo que me sacude hasta empujarme cielo abajo, y se me cae el cuerpo, se me cae el dolor, se me cae el aire y mis alas fatigadas se caen también al ver mi sombra cada vez más grande sobre el piso, una sombra informe que significa luz, es una luz que me corta la cara y me encandila, deslumbra las pupilas de mis poros y enciende mi descender abrupto, mi desplome inflamado, mi propio incendio, sí, porque soy un fuego con alas de sol en picada, eso es, y es el miedo, es la urgencia la que me permite ver el incendio que derramo en Santiago, en este asfalto gris bajo mi cuerpo exhausto, y entierro mis garras en mi nido, en el mismísimo centro de esta plaza y me acurruco en el piso y me hundo en lo que queda, entre los restos, entre la sequedad estéril de estas cenizas, y con mi último aliento abro mis ojos al relámpago, al haz que ilumina Santiago y aclara el cielo, este cielo abierto y profundamente azul, azul azulado, sí, el azul del fuego que incendia todo, porque se queman los adoquines y el adobe y las tienditas, arden los edificios

COLOFÓN
Este libro se terminó de imprimir
en los talleres de
Ediciones e Impresiones Copygraph
en julio de 2015.